눈물은 남자를 살린다

● 일러두기

본문에 나오는 사람들의 이름은 동의받은 경우를 제외하고는 익명으로 처리했음을 밝힙니다.

가슴으로 울고 있는 중년을 위한 마음 처방전

눈물은 남자를 살린다

이홍식 지음

다산북스

“당신만이 당신 자신을 치유할 수 있다”

– 에리히 프롬

살 길은 내 안에 있다

지난 수십 년간 압축성장의 결과로 우리나라 경제 규모는 세계 10위권에 들었다. 그러나 우리는 지금 중년 우울증의 급격한 증가와 8년째 OECD 국가 중 자살률 1위라는 불안한 시대에 살고 있다.

올해 들어 베이비붐 세대의 퇴직 열풍 문제가 연일 주요 매스컴의 톱뉴스를 장식한다. 이제부터 봇물 터지듯 쏟아져 나올 이들의 조기은퇴는 우리 사회의 노령화와 맞물려 큰 사회적 화두로 등장하고 있다. 향후 전망에 관한 부정적인 통계치만 크게 부각되었지 현실적인 대안은 찾기 힘들다. 우리 세대가 겪어야 할 우울한 인생 시나리오를 보는 것 같아 안타깝고, 두려움마저 느낀다.

주위를 둘러보면 중년의 가장들은 권고퇴직, 희망퇴직, 조기퇴직, 정년퇴직, 심지어 명예퇴직이라는 온갖 명칭으로 그간 자신의 자존심을 유지하던 삶의 터전에서 내몰리고 있다. 아직 직장에 남아 있는 사람이라고 할지라도 앞날이 불투명해 전전긍긍한다.

월요일에 일터가 아니라 뒷산으로 향하는 우리 아버지들의 어두운 표정이 안쓰러워 마음이 저민다. 남다른 열정과 잘 살아보겠다는 일념으로 숨 가쁘게 앞만 보고 달려왔건만 이제는 급속한 디지

털 환경을 두려움에 찬 눈으로 바라보는 처지가 된 그들을 기업이나 국가는 '강 건너 불 보듯' 한다. 근면, 희생, 헌신이란 단어를 당연한 것으로 생각했던 그들의 삶은 이제 탈진, 우울, 불안이란 이름의 고통으로 자리바꿈 하고 있다. 나는 이런 힘겨운 현실의 원인을 개인의 정신병리나 어느 취약적인 특정 그룹에서만 찾으려는 접근에 동의할 수 없다. 중년 가장들의 탈진, 우울, 불안은 단연코 우리 사회의 시대적 병리이다.

이제부터는 단순한 물질적 풍요로움보다는 더욱 의미 있는 삶과 사회적 유대관계에 관심을 가져야 할 때다. 그러나 아직 어떤 대통령 후보도 이런 시대적 병리를 염두에 둔 대안, 삶의 질 향상에 직결되는 정신건강에 대한 공약은 제대로 내놓지 못하는 것 같아 안타깝다. 어디서도, 그 누구도 중년의 가장을 도와줄 사람이 보이지 않는다. 가족도, 직장도, 사회도 믿을 수 없다. 자기 스스로 자신을 추스르고 다스려야 한다.

재산, 업적, 지위 등의 외면적 가치에만 집착하면 자신의 가면인 자아만 강하게 할 뿐이다. 가면이 무겁고 두꺼우면 우리 안에 있는 진정한 자아를 찾기 힘들다. 자연히 섭섭함과 고립감, 분노와 두려움만 커진다.

실패했던 자신, 부족하고 부끄러웠던 자신을 그대로 받아들이고 용서해야 한다. 과거의 실패자에서 벗어나야 진정 자유로움을 얻게 된다. 가면 쓴 자아를 버리고 진정한 자기를 찾아 나가는 일이 중요하다. 세상만사, 구름이 흐르듯이 있는 그대로 보고 받아들일 때 평온함과 행복을 느낄 수 있다.

오늘날 중년들은 압축성장의 산업화 사회에서 살아남기 위해, 성공하기 위해 무한 경쟁을 당연시해온 결과로 주위와 가족을 제대로 돌아보지 못한 세대이다. 아니 어쩌면 사회구조가 돌아보지 못하게 만든 첫 희생양인지도 모르겠다.

어느 재독 철학자가 지적했듯이 성취와 인센티브에 자발적인 노예가 되어 자신이 누구인지, 꿈은 무엇인지, 무엇을 좋아하는지, 삶의 가치는 무엇인지 안중에 없이 오로지 앞만 보고 쉼 없이 살아온 세대이다. 자신의 신분상승과 함께 가정경제를 책임지고 가족을 행복하게 해야 한다는 강박감 속에 달려왔다.

결국 성공과 성과에만 내몰려 자신도 모르게 극심한 피로와 탈진 상태에 이르게 되었다. 그러다 어느 순간, 본래 자신의 모습으로 착각했던 사회적 지위와 명함이란 가면을 벗게 될 때, 소속감은 없어지고 이제 쓸모없는 존재가 될 것이라는 불안과 심리적 위축감에 몹시 당황스럽다. 급변하는 정보화 사회의 부적응으로 상대적 박탈감과 무기력, 우울증에 빠지고 만다. 이런 모습이 어쩌면 당연한, 오늘을 살아가는 우리 시대 중년의 자화상일까.

평생 회사와 가족을 위하여 살아온 사람들.

자신을 위해선 양복 한 벌 사 입지 못한 사람들.

울고 싶어도 마음 편히 소리 내어 울어보지 못한 사람들.

사표를 참고, 참고 또 참으며 손에 쥐고 살아온 사람들.

그렇다고 자식이나 아내로부터 존경을 받지도 못하는 사람들.

어느덧 몸과 마음에 훈장처럼 성인병만 주렁주렁 얻은 사람들.

지금 자리도 불안한데 퇴직 후 30년을 돈 걱정해야 하는 사람들.

나는 이들을 위로하는 글을 쓰고 싶었다. 아니 나에게 쓰고 싶었다. 나 역시 상대적 박탈감이 커지고 깊어지고 있었기 때문인지 모른다. 나 자신을 위해, 그들을 위해 '네 탓이 아니다'라는 걸 말하고 싶었다. 세상이 잘못된 탓이다. 경쟁과 성공만을 부추기는, 그리고 오로지 돈만이 세상 잣대의 전부인 양 몰고 가는 이 시대의 잘못이라고 말하고 싶다.

어느 시대나 어려움은 다 있게 마련이다. 인생 길 역시 고비가 있게 마련이다. 지금의 어려움은 인생에서 지나가는 한 터널에 불과할 뿐이다. 위기의식에 빠져 두려움을 느끼면 앞이 보이지 않는다. 자기 탓만 하면 앞이 보이지 않는다. 나는 그런 우리들을 격려하고 싶어서 이 책을 썼다.

아무리 세상이 바뀌어도 자신이 기본이고 중심이며, 무엇과도 바꿀 수 없는 소중한 존재라는 것을 알리고 싶다. 사람은 늘 부족하고 불완전하기 때문에 발전하고 진화하는 것이다. 자신의 한계나 부족을 있는 그대로 받아들이고 사랑한다면, 그리고 자신을 믿고 위로하며 살아갈 수 있다면 어떤 위기나 어려움도 이겨낼 수 있다고 믿는다.

'자기사랑'이 필요하다. 늘 누군가로부터 인정받아야 하는 주인공 같은 존재이기를 바라고, 칭찬과 존경의 대상이 되기를 원하는 '유아적 자기사랑'이 아닌, 자신의 모든 것을 있는 그대로 받아들이고 사랑하며 주위를 연민과 공감으로 대하는 '참된 자기사랑'이 필요하다. 자존감이 회복돼야 양보도 하고, 화도 참고, 불공평한 일에도 너그러울 수 있다. 자신이 살아야 가족도 돌볼 수 있다. 이것이 탈진하고 무력감에 빠진 우리 중년들이 '자기사랑'을 발견하고 실천해야 할 이유이다. 자기 존재의 이유, 정체성을 찾아 나아가고 삶의 소명을 알게 되면 앞은 보인다. 희망을 품게 된다.

삶이란 하나하나씩 쌓아가는 것이다. 중년 즈음이 되면 젊을 때와 달리 실패도 받아들일 수 있는 여유가 생긴다. 지금 우리 앞에 있는 여러 가능성 중 어떤 것을 선택할지 두려워하지 말자. 일단 선택한 길을 가는 마차에는 지난 세월 우리가 쌓아온 '일과 삶의 귀중한 경험'이 가득 실려 있기 때문이다.

나는 이 책을 통해 이 시대 아버지들이 용기와 자신감을 얻는 데 도움이 되기를 진정 바란다. 저마다의 불안과 우울을 이겨내는 데 치유의 길잡이가 되기를 기대한다.

끝으로 집필을 격려해준 가족과 형제들에게 고마움을 전한다. 그리고 특별히 나의 진화의 힘이 되어주는 해암, 시연, 송희와 출판의 기쁨을 나누고 싶다.

2012년 11월

이홍식

먼저 이 시대의 아버지들에게 힘껏 박수쳐드리고 싶습니다

PART 1

울고 싶을 땐 울어라

PART 1

울고 싶을 땐 울어라

남자라는 이유로, 가장이라는 이유로

참아야 한다는 법은 없다

힘들고 외로우면 울어도 좋다

눈물이 남자를 살릴 때도 있다

눈물은 새로 시작하는 희망의 출발이다

남은 인생 30년이
두렵다

등산모임 후배 송 부장은 붙임성이 좋고 사는 집이 가까워 10년 가까이 교류하고 있다. 올해로 오십인데 나와는 서로 '형님, 아우' 하는 사이다. 그는 지난 1년간 사는 것이 죽을 맛이었다고 한다.

잔설이 내리는 2월 초, 남한산성 성곽을 한 바퀴 돌아 걸은 뒤 아랫마을로 내려왔다. 함께 걸으며 이런저런 이야기를 나누다보니 이 친구의 심정이 편치 않은 걸 알 수 있었다. 앞날이 불안한 것이다.

"형님! 막걸리 한잔 하고 가지요."

그 눈빛과 목소리로 보건대 싫다고 할 분위기가 아니었다. 내심 맑은 공기 마시며 오전 산행을 잘 했으니 점심은 간단히 먹고 싶었다. 두시간 정도 걸었는데 안주에 막걸리를 마시면 도로 아미타불 아닌가. 그러나 하산 주를 사양한 적은 없다. 막걸리와 파전을 주문하는 송 부장의 목소리가 전보다 격앙되었다.

"형님, 담배 한 대 피울게요."

"알았어. 그래도 끊어야지…… ."

나도 금연한 지 실은 6개월밖에 안 됐지만 잔소리를 했다. 그런데 그의 태도가 영 전과는 달랐다. 평소 조심스럽게 행동하던 친구였는데 그날은 아니었다. 막걸리 첫 잔을 들이켠 뒤 그가 운을 뗐다.

"형님, 어쩌면 나 직장 그만둬야 할 것 같아요."

"응, 그래? 그렇다면 그만둬야지."

의외로 쉽게 대답하는 내 반응에 다소 당황스런 모양이었지만, 그는 곧 그간 겪은 직장생활의 답답함을 쏟아냈다.

송 부장은 2년째 승진이 되지 않았고, 그로 인한 자존심 상실이 매우 컸다. 이번에도 탈락해서 이제 승진 대상자에서도 빠지게 되었다. 자연히 맡고 있던 팀장 직함은 떨어졌고 수도권으로 인사발령을 받았다. 이 정도면 회사에서 나가달라는 이야기라고 그는 열을 올린다. 언제까지 버텨야 할지 답이 없다고 한다. 사표를 쓰고 나와 무언가 새로 시작해보려 해도 밑천이 없고, 그러니 앞날이 막막하고 불안하기 짝이 없다는 것이다. 사무실에 나가도 딱히 할 일이 없다는 게 더 큰 고역이라고 했다.

"형님은 몰라요, 이런 심정…… 사무실에 앉아 있어도 할 일이 없다는 게 얼마나 자존심 상하는지…… 다른 친구들은 다 숨 가쁘게 일하고 있는데…… 이건 고문이야, 생고문……."

넋두리는 계속 이어진다.

"일이 없다는 게 편하겠습니까, 요즘 내 모습이 딱 무능과 왕따의 상징 같습니다…… 회의에도 부르지 않고, 함께 식사하자는 동료도 없으니까 혼자 식당에 가게 되고. 그렇다고 박차고 나오지도 못하는데……."

띄엄띄엄 말하는 동안 그의 눈가에서 설움에 찬 마른 눈물이 느껴졌다. 그의 외로움에 나는 깊이 공감했다.

"어이 송 부장, 내가 왜 몰라. 말을 안 해서 그렇지, 자네 마음 충분히 이해해."

위로하는 내 처지도 별 차이가 없었기 때문이다. 내가 가르쳤던 친구가 과장이 되니 나는 자연히 뒷방 차지를 할 수밖에 없었다. 그가 소신껏 과를 운영하고 전공의를 수련시키려면 자신의 가치와 철학을 갖고 앞장서는 리더가 되어야 한다. 내가 그에게 걸림돌이 되는 것은 싫었다. 배의 선장은 한 명이어야 한다는 것이 평소 내 지론이기도 했다. 그런데 그가 회의에서 내 눈치를 보니 자연히 자유롭지 못하고, 내 의견과 다르면 나 역시 불편해졌다. 그래서 내 조언이 필요할 때만 회의에 참석하겠다고 변명 아닌 변명을 한 후 더는 회의에 나가지 않았다. 그런데 그래놓고 나니 현장에서 점점 멀어지는 느낌이었다. 일 년 내내 나를 찾는 일은 거의 없었다. 나 역시 점차 다가가기가 어려웠다.

'어려워서 그렇겠지'라고 스스로 위안을 해도 그것은 착각이었다. 그들에게 이제 내 경험이나 조언은 부담스러운 거였다. 나는 우리 집단에서 그렇게 이선으로 물러났다. 내팽개쳐진 느낌은 어쩔 수 없었다. '누워서 침 뱉기'이니 불평할 수도 없다. 되돌아보면 나 역시 그랬다. 나도 그동안 세상을 나만의 자로 재고 살아오지 않았던가.

베이비부머 세대의 퇴직 문제가 사회적 이슈지만, 신문의 대대적 특집 기사나 은퇴연구소 등의 조언도 딱히 의미 있는 대안을 내놓지 못하는 것 같다. 오히려 장래의 불안과 위기감만 키운다.

남은 인생 30년, 무슨 돈으로 어떻게 살아야 할지 너나없이 두렵다. 취미, 건강, 새로운 사업 모두 현실적으로 돈이 없으면 어느 것 하나도 제대로 할 수 없지 않느냐고, 여기저기서 퇴직 후 재테크 요령만 소란스럽다.

"송 부장, 자네에게 명퇴자금은 두 번째 문제야. 먼저 퇴직에 대한 불안감을 극복하는 게 중요해."

그간 성장에만 익숙한 세대들이니 그냥 서 있는 것도 퇴보요, 낙오라고 느낀다. 그러니 불안과 두려움에 저마다 불면의 밤이 길어진다. 자신의 명함이던 소속 집단에서 떨어져 나와 외톨이가 되는 불안, 홀로서기에 대한 두려움을 자꾸 키우는 것보다는, 노후자금을 걱정하는 것이 훨씬 현실적이며 스스로 받아들이기가 오히려 편한 일이기도 하다.

어떤 연유로 퇴직을 했건 퇴직 이후에 헤매는 사람들에게는 공통점이 있다. 마음의 준비나 자신의 의지와 상관없이 일방적인 통보로 갑작스럽게 퇴직하는 경우, 평소 가정의 갈등이나 불행을 피하기 위해 직장을 도피처로 삼았던 경우, 건강이 나빠서 결국 퇴직신청을 하게 되는 경우, 그리고 봉급 이외의 수입이 전혀 없는 경우를 대표적으로 들 수 있다.

"송 부장, 앞이 보이지 않을 때가 무섭고 불안한 거지, 지금 다니는 직장에서는 퇴직을 한다고 마음을 먹고 준비를 하게. 1년이든 2년이든 작심하고 퇴직 후에 뭘 할 건지 준비하시게. 일단 자신의 상황을 인정하고 받아들이면 덜 불안할 거고 마음을 다스릴 수 있어."

나는 송 부장에게 앞으로는 마음고생하지 말고 나올 결심을 하라고 했다. 무조건 참고 다니려 하기보다 언젠가 나가겠다고 마음먹고 다니라고. 퇴직은 은퇴가 아니다. 퇴직 후 보상심리로 해외여행을 일삼고, 취미로 클라리넷을 배우러 다니던 친구들이 몇 년 안 가서 '화려한 백수'에서 '마포불백(마누라도 포기한 불쌍한 백수)'으로 내려

앉는 것을 심심찮게 보았다. 명예퇴직금보다 중요한 것은 삶의 용기
와 에너지를 잃어버리지 않는 것이다.

나는 그에게, 회사를 나오기 전에 먼저 해야 할 일을 읊어준다.

"연유가 어떠하더라도 스스로 사표를 던지고 나온다고 생각하
게. 그래야 남은 인생에도 승리자가 되는 거야."

"퇴직 후 6개월 안에 갈 만한 새로운 직장이나 할 일을 구체적으
로 구상하고 나와. 그 기간이 지나면 몸과 마음이 게을러져 일을 안
할 핑계거리만 찾더라."

"동창회도 퇴직 1년 전부터는 서서히 얼굴을 내밀어."

"건강이 재산이야. 회사에 있을 때 건강 꼼꼼히 체크하고 정기
신체검사 검진표에서 '정상'이라는 판정을 받고 나와. 그만두고 회사
일로 나빠진 건강을 돌보는 데 병원비 지출하는 건 어리석은 거야."

"회사 다닐 때 근처 헬스장에 나가 사람들을 사귀어. 퇴직자들
의 노하우를 얻을 수 있으니까."

고개를 끄덕이며 듣고 있던 그가 묻는다.

"형님! 어떻게 그렇게 잘 알아요?"

나도 그와 다를 바가 없었기 때문이다. 그런 준비과정이 퇴직 전
막연한 불안을 다스리는 데 도움이 되었으면 하는 바람이, 아니 몇
년 더 직장에서 버틸 수 있는 명분이 되었으면 하는 바람이 나 역시
컸기 때문이다.

열심히 달려온 당신,
어느덧 연료는 다 타버리고

어느 날 새벽, 잠에서 깨어난 후 받은 첫 문자 메시지에 나는 적잖이 놀랐다. 같은 헬스장에 다니는 최 전무의 장례 발인 안내였다. 50대 초반인 그의 갑작스러운 사망소식은 도무지 믿어지지가 않았다.

밤늦은 병원 장례식장, 조문객을 위한 식당 한 편에 직장 선후배로 보이는 중년 남성들이 슬픔을 잊으려 소주잔을 돌리고 있었다. 갑작스런 죽음에 허탈해하는 표정들이었다. 일부러 들으려고 하지 않았지만 조용한 밤, 내 귓가에 그들의 대화가 그대로 빨려들어 왔다.

"그 친구 실은 작년 연말에 아래 직원이 돈을 개인적으로 빼돌리고 잠적하는 바람에 마음고생이 심했어."

"쉬쉬하고 혼자 끙끙대며 해결하느라, 자존심 강한 그 친구, 아마 열 받아서 심장마비가 왔을 거야.”

옆의 친구가 놀란 눈으로 거든다.

“아니, 늘 같이 붙어 다니던 이 차장이라는 친구한테 뒤에서 칼 맞았구먼…… 허 참, 세상에 믿을 놈이 없어.”

작년 연말의 어느 날, 런닝 머신 운동을 끝내고 내려가는 나를 붙잡고 최 전무가 말을 건넨 적이 있었다.

“박사님, 제가 식사대접을 하고 싶은데 선약 없으시면 오늘 간단히 어떠세요?”

아니, 요즘 가까운 후배에게도 듣기 힘든 말이 아닌가.

“아이코, 무슨 식사대접을! 비즈니스 하는 사이도 아닌데. 그래, 최 전무와 오늘 망년회 겸 내 단골주점 ‘봄날’에 가서 막걸리 한잔 합시다. 그 정도는 내가 쏩니다.”

그렇게 모처럼 둘이 마주앉아 잔을 부딪쳤다. 막걸리 한 병을 비우고 두 번째를 주문할 때 그가 불쑥 말을 꺼냈다.

“박사님, 속이 불편해 병원에 가서 위 내시경 검사를 받았습니다. 어제, 결과를 들었는데 의사가 위 상부에 암이 있다고 수술 받으라고 하네요. 스케줄아 밀려 내년 1월 하순에 하자더군요.”

그는 남의 애기처럼 덤덤하게 말했다. 순간 나는 손에 들고 있던 막걸리 잔을 어찌할 줄 몰라했다.

"아니, 무슨 얘기야. 그러면 술은 안 해야 하잖아."

"전 두 잔째예요. 오늘만 마실게요."

그는 당황해하는 나를 달랬다. 잠깐 침묵이 흘렀다. 암이 어느 정도인지 먼저 묻기가 어려웠다.

"요즘은 수술하면 완치하는 건데…… 그간 정기검진 안 받았어?"

"해본다, 해본다 한 것이 일이 바빠 한 3년 만에 한 셈이에요."

아내에게 오늘 실토할 예정이란다. 그가 내게 묻고 싶은 건 군에 가 있는 외아들에게 알려야 할지 선뜻 판단이 안 선다는 거였다.

"최 전무, 아들 입장에서 생각해봐. 가장 가까운 핏줄인데 이런 어려운 사실을 숨기고 수술 후에 알게 되면 그 애가 얼마나 섭섭하고 힘들겠어. 어차피 알게 될 텐데. 이미 성인이고…… 그리고 좋은 일이든 나쁜 일이든 함께 하는 게 식구인데, 당연히 아버지답게 직접 알려주고 안심을 시켜야지. 요즘은 의학이 많이 발전했으니까 옛날처럼 크게 걱정 안 해도 돼. 직장에도 알려서 병가를 내라고."

"그렇지요."

그는 고개를 끄덕거렸다.

최 전무는 얼굴 선이 굵고 호감이 가는 호걸형이었다. 몸도 근육질에 관리도 잘해온 데다 얼굴은 동안이어서 나이에 비해 10년은 젊어 보이는 사람이었다. 매너 역시, 인사를 항상 먼저 하는 '특A급'이었다. 회사에서도 일찍이 업무 수행 능력을 인정받았다. 남다른 충성심으로 윗사람 눈에 띄어 40대 초반에 임원으로 승진했다. 명문대가 아닌 지방대 출신인 그는 자신의 약점을 보상하겠다는 일념으로 일했다. 그 열성과 부지런함은 누구에게도 뒤지지 않았다. 일이 남으면 부하 직원들과 함께 늦게 퇴근했고, 늘 솔선해 마무리하고 격려하는 상사였다. 주말에도 집보다 회사 일이 항상 우선이었다. 윗사람들에게는 회사 일과는 무관한 집안 대소사까지 일일이 챙기는 것은 물론이고 취미생활까지 돌보아주어 동료 임원들이 질투를 할 정도였다.

그런 최 전무가 돌연 세상을 뜬 것이다. 어느 날 아침 자는 듯이 죽어 있는 것을 그의 아내가 발견했다고 한다. 장례식장의 옆자리에서 들려온 부하 직원의 배신 이야기, 그리고 암에 대한 스트레스 상황으로 미뤄볼 때, 그의 갑작스러운 죽음은 어쩌면 예견된 일이었을지도 모른다. 평소 건강을 위해 그렇게 강박적으로 운동을 했는데…… 마음이 먹먹해져 눈시울이 뜨거워졌다.

대기업 대졸 신입사원이 임원이 되는 데는 평균 21년이 넘게 걸리며, 임원이 될 확률이 0.8퍼센트 정도다. 그러나 그렇게 바라던 임원이 되어도 3분의 1은 임기 2년 이내에 퇴직을 한다고 한다.

우리 사회의 남자들은 저마다 직장에서 '살아남기 위하여' 모든 것을 뒤로 하고 일 중독자가 되어간다. 나는 이런 현실이 서글프다. 자신의 약점이나 어려움을 누구에게도 마음 편히 내놓을 수 없는 현실이 서글프다. 동료는 경쟁자이고, 후배는 자기 자리를 노리는 추격자가 되는 현실이 서글프다.

흔히 우리사회에서의 성공여부는, 경쟁에서 승자가 되기 위해서는, 남보다 더 열심히 뛰고 더 많은 결과를 내놓는 데 있다고들 한다. 재독 철학자인 한병철 교수가 『피로사회』라는 저서에서 지적한 것처럼 성공자의 소진감과, 낙오자의 우울감은 동전의 앞뒷면처럼 크게 다르지 않다. 너나할 것 없이 신자유주의가 선물한 '무한경쟁 할 수 있는 자유'의 희생양이 된다. 충성스런 일꾼을 자청하고 '더, 더 내달려야 한다'며 스스로를 채찍질한다.

오늘을 사는 대한민국의 직장인들은 그렇게 어쩔 수 없이 스트레스에 지치고 허덕이면서 '번 아웃(탈진증후군. 일에 몰두해오던 사람이 마치 연료가 다 타버린 것처럼 극도의 신체적, 정서적인 피로감으로 무기력증이나 자기혐오, 직무 거부, 슬럼프 등에 빠지는 현상)' 되어간다.

누가 그런 우리의 심신을 치유해줄 수 있겠는가? 어떡하든 스스로 자신의 삶 속에서 치유의 길을 찾아야 한다. 내 몸이 보내는 이상 신호를 가장 잘 알아차릴 사람은 자기 자신이다. 건강의 파열음을 내기 시작하는 중년의 경우, 더욱 심신의 건강에 관심을 가져야 한다. 일이란 행복을 위한 수단이지 목적이 아니지 않은가. '번 아웃' 되기 전에, 스스로 잘 다스리고 관리해서 소탐대실하지 말아야 한다.

나는 왜 열심히 일해왔는가, 내 삶의 질은 어떤 수준인가, 삶의 목표는 어디에 있는가, 가는 방향은 맞는가, 깊이 묵상하며 돌아보아야 한다. 인생은 장거리 경주다.

열심히 일하는 것은 물론 잘못이 아니다. 자신의 일을 즐거워하고, 일에 만족하면서 사는 사람들은 건강하다. 건강한 일꾼은 다른 사람들과의 관계를 소중히 하고 그들과 좋은 관계를 맺는다. 남의 능력을 활용할 줄 알고 협동과 팀워크를 중요하게 생각한다. 인생의 의미도 생각하고 취미나 사회적 활동도 즐긴다. 가족과 친구를 위해서도 노력한다.

일에도 브레이크가 필요한 것이다. 오로지 일에만 열을 올리는 사람은 브레이크가 파열된 자동차와 같아 언젠가는 대형사고가 날 수 있다. 브레이크가 엔진을 이겨야 명품 자동차이듯이 현명한 이들은 휴식에 인색하지 않다. 무거울 때는 내려놓고, 막힐 때는 한 템포 쉬어가자. 그래야 산다.

중년에 찾아든
불안이라는 이름의 공포

얼마 전 텔레비전에서 국민 개그맨 이경규 씨가 공황장애를 겪었다고 고백하는 것을 보았다. 출연자들은 그의 고백에 이해와 공감을 표했다. 그가 그런 장애를 딛고 지금의 위치를 유지하는 것에 대한 존경의 표정도 보였다.

요즘 공황장애 환자를 부쩍 많이 본다. 최근 국민건강 보험공단의 자료에 의하면 공황장애 환자가 매년 10퍼센트 이상 증가하고 있다. 특히 네 명 중 세 명은 사회생활이 활발한 30~50대 연령층이며, 그중에서도 직장 스트레스가 빈번한 40대 중년층이 가장 많다는 사실은 매우 주목할 만하다.

공황장애는 약 30여 년 전 국내에 처음 소개된 일종의 불안장애의 하나다. 그 당시 나에게도 아주 생소했던 진단명이었다. 1980년 미국정신의학회에서는 새로운 진단분류법에 공황장애라는 새로운 병명을 추가했다. 당시 미국 사회에서는 '불안'이란 감정 장애가 큰 사회적 이슈가 되었기 때문이다.

공포의 근원에 대해 알지 못할 경우, 불안이라고 말한다. 약간의 불안은 각성 수준을 높여주고 의욕을 불러일으키는 긍정적인 효과가 있다. 예를 들어, 시험을 앞둔 수험생은 불안과 긴장이 조성된 상황을 이용하여 더 열심히 공부하려고 한다. 면접하기 전, 첫인상에 대한 불안은 스스로 의상과 용모에 더 세심한 관심을 기울이게 만든다. 이런 불안은 '정상적인' 불안이다.

그러나 너무나 빈번하거나 강도가 심한 불안은 사람의 정서적 능력에 해를 끼친다. 즉, 감정으로 느껴지는 불안은 신체적으로 가슴을 뛰게 하고, 손발이 저리고, 또 머리가 아찔해지는 신체증상을 초래한다. 불안증 환자가 갖고 있는 공포의 인지적 내용은 예외 없이 불합리한 경우가 많다. 불안이라는 감정의 신체반응을 위험신호로 과장되게 해석하기 때문에 공포가 생기는 것이다.

그런 극심한 불안상태를 가리키는 용어가 공황(恐慌)이다. 발작 증상처럼 짧게 왔다가 사라지기도 해서 공황발작이라고도 한다. 아직 원인은 확실하지 않으나 뇌의 신경전달 물질의 불균형이 원인인 것으로 알려져 있다. 여기에 학습된 불안 발작 경험과 인지 발달 수준 등도 작용하는 것으로 설명하고 있다. 공황발작의 전형적 증상은 갑자기 특별한 이유 없이 엄습하는 신체증상의 발작이다.

가슴이 답답해오면서 숨쉬기가 어려워진다. 손발이 차가워지거나 빳빳해지며 가슴이 터질듯 심장이 빠르게 뛴다. 머리는 떵하면서 아찔아찔하고, 실신할 것 같은 야릇한 위협감을 느끼며 속이 메스꺼워 온다. 경우에 따라서는 체한 것처럼 배가 아프고 설사가 나는 수도 있다. 무언가 바깥세상이 다르게 보여서 사람 기피증, 혹은 비현실감을 느끼는 수도 있다. 이런 신체증상이 갑자기 오면, 자연히 무슨 큰 일이 일어나 꼭 죽을 것만 같고 그래서 병원 응급실을 찾게 된다. 그러나 실제 이런 신체적 반응은 일시적인 것이기에 그 자체가 큰 문제는 아니다.

공황장애를 처음 국내에 소개했던 연세대학교 이호영 교수는 한 번 발작을 경험한 사람은 너무도 충격적이고 무서워서 이것이 반복될 때 공포를 느끼며, 그 절박감은 실제로 겪어보지 않은 사람은 이해할 수 없을 정도라고 했다. 이런 경험을 몇 차례 겪으면, 공황발작을 안전하게 대비하는 것이 가장 중요한 일로 자리매김하면서 점차 삶의 질은 엉망이 되는 것이다. 만약 그런 발작이 나타났던 장소가 사람이 많은 지하철이나 버스 안이었다면 다음부터는 두려워서 그것을 다시 이용하기가 어렵게 된다.

내가 아는 어느 의사는 비행기에서 심한 공황발작을 경험한 후, 비행기 타기를 두려워한다. 만약 다시 비행기를 탈 경우 또 다시 유사 발작이 나타날까 봐 두려워하는 예기 불안의 공포증 환자가 된 것이다. 그는 평생 돈만 벌었지 해외여행 한 번 못 가는 불행한 사람이다. 또 어떤 사람은 남산 터널 안에서 공황발작을 경험한 이후, 강북에서 강남으로 운전할 때마다 직선거리의 터널을 피해 긴 거리로 돌아간다고 하니 삶의 불편이 이만 저만이 아닌 셈이다.

시간이 지나면서 반복되는 공황발작은 주로 신체적인 경험이기 때문에 몸의 일부에 무슨 큰 병변이 있는 것처럼 잘못 생각하기도 한다. 그래서 X선 검사, 혈액검사, 뇌파, 심지어는 MRI 촬영 등 모든 신체검사를 해본다. 검사상 아무런 이상이 없다는 통보를 환자 자신은 받아들이지 못한다. 발작이 되풀이되면 자신의 신체에 어떤 병이 분명히 있는데 의사가 찾지 못한다고 불평하는 건강염려증 상태가 되기도 한다. 또한 이런 발작이 자주 나타나면 자기 할 일을 제대로 못 하게 되고 남에게 의존하고 위축됨으로써 자연히 우울증이란 합병증까지 생긴다.

불안과 두려움을 피하기 위해 흔히 술이나 신경안정제, 수면제 등에 의존하기도 한다. 그러나 신경안정제가 발작을 중지시킨다고 생각하는 것은 착각이다. 공황발작은 몇 분 내에 없어진다. 10분 이상 지속되는 경우는 드물다. 약물은 발작이 자연적으로 사라지는 과정에서 마음의 진정효과를 보일 뿐이다.

술이나 신경안정제는 마음의 긴장을 완화시켜줄 수 있지만 발작을 예방하거나 치료하는 것은 아니다. 자칫 잘못하면 습관성 음주나 약물남용의 2차적 피해만 키울 뿐이다. 지금은 공황장애 치료제로 공인된 치료약물들이 소개되고 있는데, 이것 역시 단기적인 목적일 때 유용하다. 인지행동 치료법을 병용할 때에는 완치도 쉽다. 그러므로 병을 숨기지 말고 전문의를 찾는 것이 현명하다.

무엇보다 공황발작은 몸이 피곤하거나, 스트레스가 많거나, 수면이 부족하거나, 만성질환에 허약할 때 잘 나타난다. 그러므로 심신이 피로하지 않도록 평소 자신의 주변을 점검하고, 과도한 욕심은 버리는 것이 좋다. 술이나 담배는 증상을 악화시킬 수 있으므로 피해야 한다. 평소 몸과 마음의 긴장을 풀어주기 위한 명상이나 운동, 충분한 수면 등 관리를 게을리하지 않는 것이 가장 기본적인 예방법이라 하겠다.

우리는 스스로의 마음을 천국으로도 지옥으로도 만들 수 있다. 불안이란 줄이려고 발버둥 치면 칠수록 풍선처럼 커지기만 한다. 그냥 내버려두고 "이 불안은 저절로 작아져, 없어지겠지"라고 무심히 여기자. 차라리 "믿는 대로 되어간다!"라고 주문을 외우는 것이 낫다. '해결될 문제라면 걱정할 필요가 없고, 해결이 안 될 문제라면 걱정해도 소용없다!' 티베트 속담이다.

나이든 아버지는
서럽다

오랜만에 고교동창들과 점심을 함께 했다. 언제부터인가 저녁보다는 점심을 선호하게 되었다. 이유는 많겠지만 퇴직한 친구들을 배려하는 마음도 있다. 이해관계 없는 홀가분한 점심은 모처럼의 바깥나들이 발걸음을 가볍게 하고, 누가 내도 서로 경제적 부담이 적으니 모두들 특별한 일이 없으면 얼굴을 보인다.

한때 사업을 했던 친구가 옆자리 친구에게 운을 띄운다.

"준호야, 너 요즘 사는 재미가 어떠냐?"

"뭐 그렇지…… 너는 어때?"

말을 꺼내는 게 별로 내키지 않은 듯 되묻는다. 질문을 던졌던 친구가 하소연하듯 속마음을 줄줄 쏟아낸다.

"재미없어. 요즘 왜 자꾸 감정적으로 되는지…… 자식들이나 아내랑 이야기하다 보면 사소한 말에도 금방 서운해지고 참지도 못하겠고 감정이 격해져."

그는 언제부터인가 집안에서 외톨이가 되고 있었다. 과거에는 크든 작든 매사를 자신과 의논했는데 이제는 완전히 '제쳐둔 사람'이 되었다. 대부분의 경우 아내와 자식들끼리 먼저 상의해 결정하고선 통보만 하기 때문이다. 주말에 함께하는 식사모임의 날짜며 장소 등 사소한 건은 그렇다 해도 새로 분가하는 아들의 아파트를 결정하는 데에도 왕따가 되자 참을 수가 없었다. 전셋돈을 보태주는 사람은 자신인데 한 마디 상의도 없이 통고받는 꼴이 되었으니 화가 벌컥 난 것이다.

자신을 무시하고 마음대로 결정하는 아내가 몹시 못마땅했다. 자신은 그저 '선 지불하고 후 결제 받는 식물인간'이나 다름없는 것만 같았다. 이제는 서로 부딪치기 싫어 각자 일 각자가 하고, 서로 간섭하지 않는 선에서 그저 아침, 저녁 두 끼 밥만 같이 먹을 뿐이다. 집안 대소사를 이야기하다 보면 서로 부딪치고, 그러면 큰소리가 나고, 결국 감정이 폭발하고야 마니 차라리 말을 안 하고 사는 게 속 편하다.

그는 이제 아내도 자식도 사는 데 큰 의미가 없단다. 안 먹고, 못 먹고 억척스레 살아 여기까지 왔는데, 나이 들고 밥벌이 제대로 못한다고 괄시하니 무슨 희망과 의미로 살겠냐고 신세타령을 한다. 모두 고개를 끄덕였다. 동병상련이었다.

왜 이렇게 되어버린 걸까. 아내와 자식들을 원망하고 이렇게 회피하고 도피한다고 해결될 문제가 아닌데 마음이 무겁다.

얼마 전까지도 아버지가 가족의 중심에 서 있었다. 가정을 책임져야 한다는 책임감과 부담은 전적으로 가장의 몫이었다. 우리 세대는 그렇게, 남자가 가장으로서 의무를 잘 수행할 때 자존심과 행복을 느끼도록 윗세대로부터 학습 받아왔다. 자기 자신을 돌보는 것을 이기적인 것으로 생각해온 세대이기에 자기사랑이나 자존감은 익숙하지 않다. 가족들이 행복하지 않으면 자기 탓으로 자책하고, 가족들에게 존중받지 못하면 배신감과 원망을 느낀다. 그런데 퇴직에 대한 불안감이나 조기은퇴가 '가장'이란 존재감에 회의를 느끼게 하고, 정체성 갈등으로 혼란스러움을 일으키는 것이다.

그래서 오늘날 아버지들은 집에서 설 자리가 좁아져간다. 직장에서도 점차 퇴물취급을 받는다. 자연히 자기비하, 자존감 상실로 이어지니 우울의 그림자가 짙어진다. 매사 부정적인 면만을 보게 된다. 전체적인 상황을 확대하여 부정적으로 지각한다. 마치 좋은 것은 모두 걸러 버리고 나쁜 것만을 투과시키는 특수렌즈를 끼고 있는 것처럼. 자연히 마음에 의식적으로 들여보내는 것은 모두 부정적인 것일 수밖에 없다.

예를 들면 이런 식이다. 친구에게 아들의 취업을 부탁했는데 친구가 완곡히 거절했다. "그 친구 원래부터 달면 삼키고, 쓰면 버리는 의리 없는 사람이야"라고 내뱉는다.

평소와 큰 차이 없는 밥상을 보고 아내에게 반찬투정을 한다. "이제 힘 못 쓴다고 날 무시하네."

직장생활로 얼굴 보기 힘든 딸을 보며 구시렁댄다. "돈 들여 교육시켜 놓으니 이제 나에게는 기댈 게 없는 모양이군."

이렇게 계속 부정적인 결론만을 내니 매사에 의욕이나 흥미를 잃어가는 악순환이 반복된다. 실험용 비커에 담긴 맑은 물을 생각해보라. 검은색 잉크 한 방울을 떨어뜨리면 그 비커의 물은 금세 검게 변해버린다. 부정적인 감정은 바로 이 비커 속 한 방울의 잉크와 같다. 한 방울의 먹물은 온 마음 전부를 암울하게 물들여버린다.

우울한 중년은 자신이 무가치하고 쓸모없다고 느낀다. 인생 자체를 허무하다고 생각한다. '우울'이라는 안경을 끼고 자신과 주변 상황에서 부정적인 것만 꺼내어 선택하고 투과시키기 때문에 미래는 어둡고 비관적일 수밖에 없다.

그러나 다시 생각해보자. 그동안 살아온 인생 경험은 젊은 세대가 갖지 못한 엄청난 자산이다. 나이가 들면 어느 선에서 만족과 타협을 할 수 있는 심리적 여유도 생기지 않는가. 흔히 직장의 연봉이 얼마인지, 직위가 얼마나 높은지에 연연한다고 하지만 정작 아내나 자식들은 부장, 이사, 본부장 등의 감투에 큰 관심이 없다. 주위 친구들 또한 당신의 연봉이 얼마인지에 관심이 없다. 그것보다는 얼마나 주어진 여건 속에서 열심히, 보람을 느끼며 사는지에 더 관심이 있고 그것을 좋아한다. 부정적인 사람이 아니고 긍정적이고 즐겁게 사는 사람을 존경한다.

인생의 부정적인 면에만 돋보기를 들이댄다면, 일상이 한없이 허무하고 무가치하게 여겨질 것이다. 작은 것을 확대해서 자신을 힘들게 만들지 말자. 인생은 항해다. 순조로울 때도 있지만 폭풍우도 만난다. 예상치 못한 일들이 일어나는 게 인생이고 삶이지 않겠는가.

ⓒ이홍식

―

평생을 열심히 달려왔다. 참고 또 참으며 죽어라 일하며 살아왔다. 그런데 언제부
터인가 회사에서도, 집안에서도 외톨이가 되어 있었다. 어디서도 편히 앉아 쉴 자
리는 없다. 나는 왜 열심히 일해왔는가, 내 삶은 지금 어떤가…….

남자에게도
갱년기가 온다

독일의 어느 정신분석가는 중년 남성의 위기를 '꿈과 현실의 충돌'에서 기인한 결과라고 했다. 과거에는 항상 마음만 먹으면 다 할 수 있다는 자신감과 미래에 대한 희망이 있었지만 어느 순간부터 몸은 따라가지 않고 주위에서도 자신을 그렇게 생각하지 않는다는 것을 알게 되면서 우울한 감정이 스며들 수 있다는 것이다. 나 역시도 그럴 때가 있다.

어느 날의 출근길, 평소와 다를 바가 없는 날이었다. 그런데 왠지 병원으로 출근하기가 싫어졌다. 어디론가 떠나버리고 싶었다. 그러나 그것도 마음뿐 그럴 수는 없었다. 병원 현관에 들어서는 발걸음이 무거웠다.

매일같이 반복되는 일들에 지치고 재미가 없었다. 늘상 상처받은 사람들의 고통과 불평만 듣는 내 인생이 불쌍하기도 했다. 이런저런 생각에 기분은 우울하고, 이렇게 사는 게 무슨 재미인지 허무했다. 나이 탓인가 싶기도 했다. 그전 같으면 일들을 미룬 적이 없는데 쌓인 일들이 자꾸 힘에 버겁게 느껴졌다.

오전 진료를 마치고 누군가와 점심을 함께 한 오후는 걷잡을 수 없이 피로해지고 지쳐서 아무것도 하기 싫어진다. 작고 사소한 일에도 신경질과 짜증을 내는 일이 많아져 아내와도 불편해진다. 성적인 흥미나 욕구에 관심이 없어진 것도 언제부터인지 모를 정도로 잊고 살아가고 있었다. 옛날의 주체할 수 없었던 정열은 까마득한 신화같이 느껴진다. 이것이 모두 직업 스트레스의 결과라고 막연히 생각했다. 그리고 막연한 노화의 징후라고 스스로 합리화하고 있었다.

그러다 어느 날엔가 우연히, 남자에게도 생리적인 갱년기가 있다는 의학적 문제제기에 가벼운 충격을 받았다. 심리적인 문제 이전에, 중년이 되면서 남성호르몬인 테스토스테론이 자연적으로 감소하는데 그로 인해 우울함이 나타날 수 있다는 것이다. 그렇게 나에게도 갱년기 우울이 온 것이다.

대부분의 남자는 자신에게도 갱년기가 온다는 것을 잘 모르고 지낸다. 여성들은 호르몬의 급격한 변화로 증상을 쉽게 느끼지만, 남성들은 신체의 변화가 아주 서서히 나타나기 때문에 잘 모른다.

갱년기는 보통 40대 후반에서 50대에 접어들면서 나타난다. 성호르몬의 분비가 감소돼 여러 가지 신체상의 변화를 동반하는데, 이때 나타나는 신체 및 정신 증상들을 갱년기 증상이라고 한다. 그런데 남성 갱년기는 여성 갱년기에 비해 5년에서 10년쯤 늦게 나타나고, 그 증상 또한 모든 남성에게서 동일하게 나타나지 않는다.

남성호르몬인 테스토스테론의 분비가 저하되면 성욕과 활력이 감소하고 우울한 느낌과 무기력증, 피로감 등의 증상이 나타난다. 다만 여성의 경우와 달리, 남성은 이러한 증상들이 호르몬의 부족에서 오는 증상으로 생각하지 못하고 우울증이란 단순한 정신적인 질환 또는 노화 현상으로 오인하는 경우가 많다는 게 전문의들의 견해다.

갱년기 증상의 신호탄은 대개 성생활에서 나타난다. 40~50대 남성의 80퍼센트 이상이 성욕감퇴를 경험하는 것으로 알려져 있다. 이 시기는 성관계 횟수가 줄어드는 것은 물론이고, 성적인 상상력이나 환상도 시들해지며, 아침 발기도 줄어든다. 음경의 강직도가 떨어지고 발기 유지 시간이 짧아진다. 당뇨병, 고지혈증, 고혈압 등의 성인병이 있을 때 그 정도는 더 심해진다.

또한 작은 일에도 신경질을 부리거나 화를 잘 낸다. 미리 앞서서 걱정을 하고 실패의 두려움으로 어떤 일도 선뜻 시작하지 못한다. 실제 일어나지 않은 일을 혼자 상상해서 실제로 일어날 것처럼 생각하고, 자기 연민에도 빠진다. 남들이 자신을 무시한다는 열등감에 빠지기도 하고, 자신의 인생이 불행하게 느껴지기도 한다.

이런 우울한 감정으로 인해 자신과 관계된 가족, 직장 등 외부 관계적응에 심각한 문제가 생기면 병으로 보고 전문적인 치료의 도움을 받는 게 좋다. 짧은 기간 약물치료로 쉽게 호전될 수 있다. 정신의학의 발전으로 최근의 우울증 치료제는 부작용이 미약하면서도 항우울 효과는 매우 우수하다. 그리고 중독성도 없다.

알아두어야 할 것은, 남성 갱년기 우울증을 악화시키는 가장 큰 위험요인인 비만, 흡연, 음주를 조심해야 한다는 점이다. 비만 시 나타나는 지방세포의 증가는 남성호르몬의 분비를 감소시키고 여성호르몬을 증가시켜 남성기능의 약화를 유발할 수 있고, 음주 및 흡연에 의한 2차적인 남성 호르몬의 감소도 역시 남성 갱년기를 앞당긴다. 즉 흡연과 음주 등이 남성호르몬에 직접적인 영향을 주기도 하지만 남성호르몬 수치뿐만 아니라 그 기능에도 영향을 준다는 것이다.

남성갱년기 증상으로 진단되면, 전문의의 도움으로 부족한 남성호르몬을 보충해주는 치료를 받을 수 있지만 아직 호르몬 치료의 장단점은 따져보아야 할 문제가 많다. 중년 남성들은 새벽 발기 등과 같은 성적 기능에 남자의 자존심을 거는 경향이 있다. 갱년기의 정상

적인 성기능 변화를 비아그라 같은 발기부전 치료제로 해결하려는
것은 위험할 뿐 아니라 근본적인 해결을 어렵게 한다.

첫 올림픽대회가 치러진 그리스 아테네 올림픽 주경기장에 두
개의 동상이 서 있다. 하나는 페니스가 축 처진 젊은 꽃미남 조각상
이고 다른 하나는 그것이 하늘을 처다보고 있는 나이든 남자의 조각
상이다. 나이 자체보다도 운동습관이 얼마나 중요한지를 강조하는
작품이다.

노화의 과정을 편안히 받아들이자. 변화시킬 수는 없다. 하지만
노력은 가능하다. 흡연과 음주를 피하고, 주기적인 운동과 휴식을 취
하는 규칙적인 생활습관만으로도 남성 갱년기를 가볍게 지나가게
할 수 있다.

눈물이 남자를
살린다

우리 사회에서 우울증의 증가는 급격하다. 10년 전에 비해 평생 유병률이 70퍼센트나 증가했다고 한다. 특히 50대의 우울증 증가는 심각하다. 이미 8년 전부터 OECD 국가 중 자살률 1위를 고수하고 있는 만큼, 자살률은 10년 전에 비해 100퍼센트 이상 늘었다. 놀라운 것은, 성인 여섯 명 중 한 명이 정신건강 상의 문제를 경험하고 있다는 현실이다.

무한경쟁, 압축성장, 빈부격차, 가치관의 변화, 가족해체, 생존불안, 상대적 박탈감 등의 복합적 사회심리 원인론들이 거론되고 있지만 이렇게 빠른 증가세를 설명하기엔 역부족이다. 어쩌면 그간 경제적인 것에 가려진 사회, 문화, 교육, 정치 등 모든 부분에 걸친 총체적 난맥상의 결과일지도 모른다. 모든 가치가 경제 잣대에 좌지우지 되어온 지난날 우리 스스로의 어리석음을 돌아보지 않을 수 없다.

회사에서 승진 기회를 놓치고 다른 부서로 발령이 난 50대 초반 의 이만섭 상무는 실은 조기퇴직의 수순을 밟아가고 있었다.

"지난 2년 동안 정말 사는 게 사는 것이 아니었어요."

그의 말이 아직도 내게 생생하다.

자존심만 생각하면 금방 사표라도 던지고 싶었지만 대책 없이 나올 수는 없었다. 가족에 대한 가장의 책임감과 부담감은 말할 것도 없거니와, 직장에서는 상사인 후배의 눈치를 살펴야 하는 곤혹스런 시간을 묵묵히 견뎌내야 했다.

결국 그는 외부적 요인에 의한 '외인성 우울증'이란 병에 빠졌 다. 지난 2년간 불면증에 시달렸고, 음주량은 급격히 늘었다. 생각이 매사 비관적이 되는 것은 물론, 가까운 친구마저 만나기를 꺼려했다. 더욱이 음주나 불면증은 우울한 감정을 더 조장시켜 악순환은 계속 되었다. 그럼에도 자신의 우울감을 부정하고 쉬쉬하는 사이 점차 병 은 깊어가고 있었다.

심한 충격을 받거나 아끼고 사랑하던 사람을 잃었을 때, 상실감 과 우울하고 슬픈 감정이 드는 것은 당연한 반응이다. 그런데 이 같은 반응이 일시적이지 않고 지속적일 때가 문제이다.

정신집중이 전처럼 잘 되지 않거나 사소한 일에 짜증을 낸다거나, 기분전환을 위해 술을 더 마시게 된다거나, 남들과의 충돌이 늘어났다거나, 공연히 죽고 싶은 생각이 난다는 등의 행동장애가 지속되면 일단 우울의 잠재를 의심해야 한다.

장기간 우울한 기분이 신체적 변화, 예를 들면 성욕감퇴, 식욕상실, 체중감소, 피로감, 수면장애, 소화불량, 불안, 긴장, 초조, 집중력저하 등과 함께 오면 우울증을 더욱 의심해야 한다. 우울증은 조용히 일상생활에 파고들어와 여러 가지로 위장되어 그 얼굴을 드러내지 않은 채 점차 능률을 떨어뜨리고 생활의 질을 낮추며 대인관계의 어려움을 주는 병이다.

우울증이란 덫에 걸리면 그 사람의 생각은 비논리적이 되거나 왜곡된다. 감정은 사물을 바라보는 방식으로 결정된다. 바라보는 인식이 꼬이고 잘못되어 있으면 그 사람의 정서반응도 역시 잘못된다. 우울증도 예외가 아니다. 그래서 우울감정을 인지적 왜곡의 결과라고 주장하는 심리학자들도 있다. 흥미로운 것은, 결단력 있고 완벽한 것을 추구하는 성격의 소유자가 우울증에 더 잘 걸린다는 것이다.

우리는 쉽게 단정을 내려버리는 사람들을 종종 본다. 그들은 한 번 일어난 일이 커져서 자꾸자꾸 일어날 것이라고 임의로 자기만의 스토리를 만들어 결론지어 버린다. 일어난 일은 항상 언짢은 것이기에 기분이 계속 나쁘다.

심리학에서 유명한 '꼬마 알버트(Albert)를 대상으로 한 왓슨(Watson)의 실험'이 있다. 11개월 된 꼬마 알버트에게 실험용 흰쥐를 주었더니, 처음엔 자신이 직접 다가가서 만져볼 만큼 좋아했다. 다음부터는 흰쥐에게 손을 델 때마다 귀에 거슬리는 소리(망치로 철사막대기를 두드리기)를 들려주었다. 이렇게 반복하다보니, 점차 꼬마 알버트는 흰쥐에게 접근하기는커녕 보기만 해도 공포를 느끼며 자지러졌다. 이제 흰쥐는 알버트에게 공포의 대상이 되어버린 것이다. 그런데 이런 공포의 대상이 흰쥐에만 국한된 것이 아니라 흰색 고양이, 흰색 개, 흰색 모피 코트, 흰색 목화솜, 심지어는 산타크로스의 흰 수염에까지 확대되었다. 이것이 '일반화'의 대표적인 실험이다.

우울증의 경향이 있는 사람은 자신에게 이 실험을 하고 있는 셈이다. 우연일 수도 있는 하나의 부정적인 사건을 점차 유사한, 나중에는 상관도 없는 모든 일에 적용을 함으로써 자신은 더 위축되고, 스스로를 보잘 것 없는 인물로 만들어가는 것이다. 이런 사람들은 말끝마다 "나만~"이란 단서를 붙인다. "나만 미워하고" "나만 불행하고" "나만 억울하고" 등등. 이렇게 시작하면 자신은 어느새 정말 이 세상에서 가장 불행한 사람이 되어 있다.

만일 이런 상황에 이른다면, 가장 필요한 대안은 두말할 필요도 없이 '자기사랑'이다. 자존감이 회복되어야 한다. 인간에게는 근원적으로 자기 자신을 사랑하는 본성이 있다. 이는 세상살이에서 맞닥뜨리는 굴욕감이나 마음의 상처로부터 버티는 힘이 되고, 자신의 존재를 유지하는 에너지가 된다.

그러므로 일상에서 자기애의 뿌리가 약하면 갈등을 견뎌내기가 힘들게 된다. 여러 가지 위기에서 스스로 자기애를 높이고 자신의 존재가치를 높이려는 시도가 잘 먹혀들지 않을 때 병적인 상태가 초래된다. 자기사랑이 평소에 잘 훈련되고 다듬어져야 할 이유가 여기에 있다.

직장 환경은 끊임없는 경쟁을 부추긴다. 자연히 자존심의 상처와 일에 대한 스트레스는 빈번할 수밖에 없다. 그렇다고 모든 어려움을 자신의 의지로 극복해야 한다는 강박관념 역시 바람직하지 않다. 그러나 좌절과 실망으로 인한 우울한 마음 때문에 잠을 이루지 못하거나 괴로움을 잊으려고 술에 의존하는 생활의 변화가 생긴다면, 한 번쯤 마음속을 차분히 들여다보고 우울증이 숨어 있지는 않은지 살펴야 한다.

누구나 일시적으로 자신의 상황을 확대하거나 비약하는 사고의 왜곡을 할 수는 있다. 그러나 그런 태도가 지속된다면 바꾸도록 노력해야 한다. 짚고 넘어가야 할 문제는 자신의 느낌이 곧 사실이 아닐 수도 있다는 것이다. 왜곡된 사고에서 유래된 느낌은 현실성을 갖지 못한다. 단지, 현실처럼 보일 뿐이다. 자기 자신을 우울한 감정으로 밀어 넣는 것도 자신이요, 해방시킬 열쇠도 자신이 가지고 있다. 감정은 항상 어미닭을 쫓는 병아리같이 사고의 뒤를 쫓는다.

바르게 알고, 바르게 느끼는 것이 건강한 정신을 이루는 첫걸음이다. 지속되는 우울이 있으면 그것을 계속 감추거나 숨기지 말자. 주위 가족이나 동료에게 도와달라고 외쳐야 한다. 덫에 빠졌다면 소리부터 질러야 하지 않겠나. 남자라는 이유로, 가장이라는 이유로 참아야 한다는 법은 없다. 외면할 필요도 없다. 힘들고 외로우면 울어야 한다. 소리 내어 울어도 좋다. 엉엉 우는 눈물은 마음을 달래주는 뇌신경 물질을 촉진시켜준다. 그간 켜켜이 쌓인 마음의 응어리를 씻어내고 가슴을 뚫어준다. 눈물은 수치와 실패를 받아들이고, 위선을 버리고 있는 그대로에서 새로이 시작하겠다는 희망의 출발이다. 우는 아이에게 젖을 주지 않는가. 눈물이 남자를 살릴 때도 있다.

중년 우울증의 예방

당뇨병이나 고혈압 같은 성인병이 치료 못지않게 예방이 더 강조되듯이 중년의 우울증 역시 평소 예방적 접근이 중요하다는 것을 강조하고 싶다. 우울증 예방을 위한 습관에 대해 간단히 덧붙여본다.

식사시간이 제멋대로이거나 취침시간이 불규칙적이면 생체리듬이 깨져 스트레스 호르몬이 증가한다. 가급적 일상의 규칙을 지키려고 노력하는 것이 좋겠다. 아미노산이나 비타민 B가 풍부한 현미, 견과류, 등푸른 생선, 과일, 양배추, 콩 같은 식품은 우울증과 밀접한 세로토닌 생성에 도움이 될 수 있다. 햇빛을 받으며 걷는 산책이나 삼림욕 역시 우울증 예방 효과가 입증되고 있으니 걷기를 즐겨라.

규칙적인 유산소 운동은 도파민과 엔돌핀을 증가시키고, 명상과 복식호흡 역시 스트레스 호르몬을 줄여주는 효과가 있다. 요가나 스트레칭 같은 이완훈련도 뇌신경계의 긴장완화와 함께 스트레스 예방효과가 있으며 편안한 음악 감상이나 독서 또한 도움이 된다.

자신에게 넘치지 않을 정도의 업무 부담을 유지하는 지혜와 자신에게 즐거움을 보상해줄 수 있는 적절한 취미나 여가생활도 중요하다. 화목한 가족관계와 친구와의 우정은 마음의 상처를 보듬어주며, 신앙생활도 저항력을 높여준다. 무엇보다 적절한 휴식과 긍정적인 사고는 직장인의 정신건강에 꼭 필요한 우울증 예방의 ABC이다.

아내가
왜 화내는지 모르겠다

50대 중반의 한 가정주부가 진료실을 찾았다. 부쩍 더 심해진 시어머니의 심술에 정말 죽을 맛이라는 것이다. 어머니께는 죄송한 말씀이지만, 정말 '심술'이라고밖에 표현할 수 없다는 하소연이었다.

밥상에서부터 티격태격이 시작된다. 좋은 반찬이 행여 시어머니보다 다른 사람 쪽으로 더 향해 있기만 해도 시어머니는 당장 트집을 잡는다. 그러면 남편은 얼른 반찬 그릇을 시어머니 쪽으로 옮겨 놓는다. 그런데 그런 것에 대해 남편이 자신에게 야단을 치면 시어머니가 얼마나 좋아하는지 모른다. 이제 그런 일들도 만성이 되어버렸지만, 이번 명절에 일어난 일은 정말 참을 수 없었다고 한다.

발단은 제사상에 올릴 음식들을 동서들과 나누어서 준비하는 데서 시작됐다. 명절 당일, 중요한 음식인 '전'이 미처 준비되지 않았다. 아랫동서가 해오기로 한 것인데, 무슨 일인지 시간이 다 되어도 오지를 않았다. 하는 수 없이 급한 대로 가까운 반찬가게에서 전을 사가지고 왔는데, 시어머니는 노발대발했다.

임기응변 식으로라도 나름대로 애를 썼건만 몰라주는 게 야속했고, 무엇보다 가장 참을 수 없었던 것은 시어머니의 이중적인 사고와 행동이었다. 제사 시작 직전 뒤늦게서야 온 동서에게는 야단은커녕 너그럽게 넘어갔다. 안 그래도 속상한데 남편까지 제사를 마치고 함께하는 식탁에서 탕의 간이 맞지 않다고 푸념을 늘어놓았다.

그때 그녀는 도저히 참을 수가 없어 드디어 폭발해버리고 말았다. 그녀는 그냥 방으로 들어가버렸다. 시어머니도, 남편도 모두 꼴도 보기 싫었다. 누구와도 말을 하기 싫었다. 여태껏 이렇게 살아서, 남은 것이라곤 주름투성이의 자신임을 생각하니 한심하고 비참해서 견딜 수가 없었다. 밤에는 잠도 오지 않았다. 수시로 머리도 아프고, 앉았다 일어나면 어지러웠다.

웬만한 살림 규모에, 자식들 다 공부 잘 시켜 아들들은 의사로, 대기업 직원으로 그리고 딸은 좋은 곳으로 출가시켰으니, 남들은 하기 좋은 소리로 세상에 무슨 걱정이 있겠느냐고 한다. 그러나 자기존재감에 대한 회의로 그녀는 이미 조금씩 우울증에 빠지고 있었다.

중년 여성의 대표적인 정신병리 또한 우울증이다. 일반적인 우울증 증상은 흥미나 의욕이 떨어지고 말이 없어지고 운동성이 극히 저하되는데, 중년 우울증의 증상은 안절부절못하고 흥분하기 쉬우며 불안과 공포를 같이 겪는 초조성 양상을 보인다. 과거에 대한 후회, 지난날 왠지 잘못 산 것 같은 생각에 빠져 회복될 수 없다는 절망감과 무기력에 빠진다.

이 가정주부의 경우도 그런 중년의 위기를 지나고 있는 중이었다. 손수건을 적시며 신세한탄을 하는 그녀에게 나는 낮에는 쥐가 되고 밤에는 새가 된다는 박쥐가 된다. 부인의 하소연을 귀 기울여 들어주며 친정 오빠 같은 한 편이 된다. 남편의 무능력과 줏대 없는 태도에도 함께 비난을 한다. 연민이 깔린 치료적 위안이다. 남편에 대한 야속함을 토로하는 그 부인의 심정을 공감하고 있다는 메시지이다. 나의 파격적인 태도에 오히려 그녀는 중간 중간 남편을 두둔하기도 하면서 표정이 나아져갔다.

그녀의 남편은 부인을 진료실 문 앞까지는 따라왔는데, 문 안으로는 들어오기는 싫어했다. 나는 진료실 바깥에서 기다리는 남편을 정중히 불러 따로 만났다. 굳은 표정으로 '왜 나까지 진료를 받아야 하느냐'는 태도였지만, 남편에게 듣고 싶은 얘기가 더 많았다.

남편은 일찍 사별한 홀어머니의 외아들로 자랐다고 한다. 지금 운영하는 일식집 두 곳은 어머니가 키운 것이었다. 평소 시어머니보다도 자식에게만 집착하는 아내에게 불만이 컸다. 물론 어머니를 잘 봉양해준 것에 대해 고맙게는 생각하지만 너무 생색을 내고, 어떨 때는 감당이 되지 않을 정도로 작은 시비에도 어른 앞에서 짜증을 낸다고 한다. 자신도 쉬고 싶은 나이가 되었지만 아내와 어머니의 갈등으로 자신이 어머니 뒷바라지를 한다고 했다.

이번에는 같은 남자로서 남편의 심정을 이해한다며 나는 부인의 경솔함과 충동적 행동을 나무랐다. 또다시 나는 박쥐가 된다.

부인의 가장 가까운 치료자는 남편이다. 그러므로 그의 자존심이 유지되어야 자신의 아내를 지지할 수 있다. 그래서 남편을 위로하고 격려할 필요가 있었다. 사실, 남편의 처지는 곧 내 처지와도 크게 다르지 않았다. 30년 가까이 홀시어머니를 모신다는 것이 말만큼 쉬운 일이겠는가. 나는 남편의 말에 동조하는 와중에도 부인이 남편 내조와 2남 1녀의 자녀 양육까지 무난히 잘 해왔다는 사실을 말하며, 그것은 당신 복이라고 추켜세웠다. 남편은 점차 내 눈을 쳐다보며 이야기하고 있었다.

지금까지 부부는 앞만 보고 달려왔고, 이제 중년의 고비를 넘고 있다. 중년이란 '태어나서부터 오늘까지 얼마나 되었나'보다는 '살아남아 있을 기간이 얼마나 남았나'를 감지하는 때이다. '남아 있는 생애를 어떻게 사느냐'를 진지하게 생각하다보면 시간이 무척 아까워지고, 과거를 되돌아보게 된다. 결국 '갈 날'이 있다는 유한성을 느끼게 되면서 여태까지 지니고 살아온 자신의 정체성과 자아의식이 흔들리기 때문에 위기를 느끼게 되는 것이다.

나는 두 사람 모두 중년의 갱년기임을 강조했다. 이들은 이제 신체적, 정신적으로 쇠약해져가는 나이이기 때문에 '변화'에 대한 대처가 필요하다. '변화'란 곧 지금까지의 생활양식과는 다르게 살아야 함을 말한다. 사회 활동, 경제 활동을 비롯하여 가족 관계 등을 유지, 계획함에 있어서 현실적으로 무리 없게, 그러면서도 새로운 '변화'를 계획하고 실천해나가야 한다.

신체적 노화과정은 피할 수 없는 자연 현상이다. 과거에는 웬만큼 힘든 일도 쉽게 이겨낼 수 있었지만, 점차 힘에 부칠 때가 많아진다. 부인은 그것을 솔직히 인정하고 시어머니께도, 남편에게도 알려야 한다. 더 이상 혼자서 감당하겠다는 것은 무리이다. "어머님, 저도 늙었습니다. 힘듭니다. 도와주십시오" 당당하게 이야기할 수 있어야 한다. 무리한 일은 오래갈 수가 없으며, 사람을 지치게 할 뿐이다. 고무줄이 당겨지다보면 어느 순간에는 끊어진다. '돌아가실 때까지만' '눈에 보이는 것에만' 하는 생각으로 하는 공대는 시어머니께도 죄송한 일일 뿐이다.

함께 노년을 준비해보는 것이 어떨까. 하루아침에 시어머니가, 남편이, 아내가 변하길 기대하는 것은 어렵다. 자신부터 조금씩 바꾸어보는 것이다. 버릴 것과 지킬 것을 정확히 해야 한다. 솔직한 대화를 통해 서로에게 필요한 것은 요구하고, 버거운 임무는 나누어서 분담하는 것이다. 자신을 돌볼 수 있고 자존감이 확보되었을 때 희생과 헌신도 가능하다.

내가 나를 위로해주어야 한다. 그것이 현실을 타협하고 받아들이는 힘이 된다. 남편은 남편 역할, 아내는 아내 역할에 충실하면 집안은 자연히 조용해진다. 한때 유행했던 노래 가사에 이런 대목이 나온다. '네가 나를 모르는데, 난들 너를 알겠는가? 한치 앞도 모르는 세상, 다 안다면 재미없지.' 아무리 부부라도 서로를 다 알 수는 없는 것이고, 그런 맛에 또 함께 사는 건지도 모르겠다. 성급하게 결론을 내려고 하니 심신이 괴로운 것이다. 행복한 척하지 말자. 자신의 감정을 억제하거나 가장하는 것은 다른 사람도 불행하게 만들 뿐이니 말이다.

ⓒ이홍식

—

과거에는 항상 마음만 먹으면 다 할 수 있다는 자신감과 미래에 대한 희망이 있었다. 어느 순간, 몸은 따라가지 않고 주위에서도 나를 그렇게 생각하지 않는다는 것을 알게 되었다. 이젠 지난날들이 까마득한 신화처럼 느껴진다. 남은 인생 30년, 우리는 어떻게 살아가야 할까.

왜 서로의 마음을
다 안다고 생각할까

몇 년 전부터 소통이라는 단어가 여기저기서 회자되고 있다. 정치권에서조차 소통에 문제가 있으면 금배지도, 대권도 날아가는 것을 맨눈으로 확인하고 있는 요즘이다. TV에서도 소통을 주제로 하는 특강 등의 프로그램을 심심찮게 선보인다. 유명강사들이 소통의 기법에 대해 열변을 토한다.

그러나 언제 중년 세대가 소통에 대해 배운 적이 있는가. 특별한 기법을 몰라도 큰 불편 없이 여태껏 잘 대처해왔고 잘 지내왔다. 그런데 이제 세상이 바뀌었다. 너무 빨리 바뀌어서 스마트폰 세대를 스마트하게 따라가기가 힘들다. 정보화 사회가 본격화되니 우리의 소통 개념도, 방법도 급격히 바뀌어간다. 자연히 기성세대는 정보화 시대의 젊은 세대와의 관계가 어려워질 수밖에 없다. 〈개그콘서트〉를 보며 왜 청중들이 웃는지 이해를 못 하는데 그들과 소통이 수월할 리는 만무하다.

물류운송회사 부장으로 근무하는 40대 후반의 이충길 씨는 어느 날 무심코 아내에게 심부름을 시켰다가 혼쭐이 났다. 아내가 갑자기 자식공부 뒷바라지에 허덕이는 자기를 이해하기는커녕 집에 오면 손가락 하나 까딱하지 않고 이것저것 심부름이나 시킨다며, 심지어 TV 채널, 먹는 간장약까지 챙겨야 하느냐고 흥분하며 소리를 질렀다는 것이다.

그는 처음에 몹시 당황했고 곧이어 화가 치밀었다. 20년을 같이 살아온 아내가 그런 사소한 일로 내 일, 네 일을 따지니 '가족을 위해 오늘도 하루 종일 굽실거리며 참고 일했는데⋯⋯' 싶은 억울함에 울컥한 것이다. 그는 자신의 모습이 처량하고 한심하기까지 했다. 담배를 들고 아파트 베란다로 나갔다.

"제기랄, 내가 있을 데는 어디야?"

사소해 보이는 이 문제로 부부는 오랫동안 잠자리도 따로 했다.

가까운 사람들끼리 자신의 의견을 확실히 말하지 않고 이심전심에 맡겨버리는 것은 아주 위험하다. 특히, 가까운 동료나 부부처럼 서로에 대한 기대가 큰 사람들이 사랑이나 믿음만 생각하고 상대방의 마음을 다 안다고 생각해버리는 것은, 쉽게 말해 스트레스의 화덕 속으로 기름을 지고 들어가는 것과 다름이 없다. 가까이 있는 그리고 사랑하는 사람에게 자기 생각을 거울처럼 명징하게 보여주는 것이야말로 서로에 대한 오해를 낳지 않는 가장 확실한 방법이다.

대화하는 방법에 따라 사람들을 몇 가지 유형으로 나눌 수 있는데, 첫 번째 유형은 그냥 밀어붙이는 사람들이다. 마치 황소처럼, 자신이 옳다고 생각하면 다른 사람의 감정이나 생각을 크게 신경 쓰지 않고 이야기하는 경우다. 그럼에도 스스로는 정직하고 개방적이라고 생각한다. 상대의 말에는 귀를 잘 기울이지 않고서 말이다. 자연히 예민한 주제에는 자신의 자존심을 내세우고 공격적인 태도를 보인다. 아주 극단적인 상태에 가면 아예 대화를 피해버린다.

반대로 상대의 이야기를 듣기만 하고 자신의 의견을 감추는 이들도 있다. 겉으로는 포용하는 체를 하는데, 이런 사람은 솔직하지 않으며 대화에서도 무성의하게 느껴진다. 결국 상대방이 만족하지 않게 된다. 대체로 이런 유형의 사람들은 창의적이거나 문제 해결능력이 부족한 경우가 많다.

드문 경우이지만, 자신의 생각이나 감정을 전혀 드러내지도 않지만 다른 사람의 말에도 귀를 기울이지 않는 사람들도 있다. 제일 소통하기 어려운 사람이다. 그들에게선 어떤 신뢰도 느낄 수가 없다. 차갑고 비인간적이며 늘 무언가 불평, 불만이 있어 보이는 사람이다.

소통의 가장 바람직한 태도는 유리창처럼 투명하고 맑게 대하는 것이다. 흐르는 물은 앞을 다투지 않듯이 진지하게 대화하는 가운데 서로 신뢰할 수 있어야 한다. 그래야 서로 다른 견해의 갈등을 긍정적으로 받아들일 수 있어 관계가 단단해진다.

직장 일이나 집안일이나 대화가 중요하다는 것을 모르는 사람은 없지만 실제로 대화와 합의는 쉽지 않다. 대화가 잘 이루어지려면 자유롭게 이야기할 수 있는 여건뿐 아니라 대화하기 위한 충분한 시간을 내야 한다. 필요하다면 커피타임이나 식사 자리를 이용할 수 있다. 아니면 주말산행이나 운동을 함께하는 것도 좋은 방법이다.

물론 단순히 시간을 낸다고 해서 서로 술술 이야기가 되는 것은 아니다. 대화가 잘 이루어지려면 지적이나 비판당할 거라는 두려움 없이 자유롭게 표현할 수 있어야 한다. 평소 서로의 생각이나 감정에 꾸준한 관심을 갖고 가감 없이 나누는 것이 필요하다. 대화의 역사 없이 신뢰와 소통은 기대할 수 없다.

몸짓, 눈빛, 표정 같은 비언어적 요소가 더 중요할 때도 있다. 귀가 두 개인 것은 말하는 것보다 상대의 이야기를 듣는 것이 더 중요하기 때문이다. 상대의 말을 가로막거나 핀잔주는 일은 하지 말자.

이야기를 들으면서 '마지막'이라는 말도 피하자. 그건 소통을 막는 최악의 단어이다. 부담이 되더라도 상대의 이야기를 들어줄 수 있는 인내심이 있을 때 소통이 이루어진다. 그리고 무엇보다 중요한 것, 대화에는 언제는 진실한 마음을 담아야 한다는 것을 잊지 말자.

헌 자존심은 꺾고, 새 자존심은 세우고

한 유명 제약회사의 팀장이 업무관계 미팅이 끝난 후 내게 저녁식사를 권했다. 평소 비즈니스 식사를 피하는 내 성격을 알고 있을 텐데 "교수님, 제가 인간적으로 저녁을 사고 싶습니다"고 하니 거부할 이유가 없었다.

소주잔이 몇 잔 오가자 그는 내게 자문을 구하고 싶다며 주섬주섬 속내를 보였다. 10년 지난 중고참이 되어 업계에서는 비교적 어깨에 힘을 주고 다녔는데 최근 들어온 신입사원 때문에 너무 힘들다는 것이었다. 처음 직장생활을 시작할 때보다 요즘이 더욱 힘들다고, 어떻게 감당을 해야 할지 모르겠다며 그간의 사정을 이야기했다.

그와 함께 하는 팀원은 일곱 명으로 각자 영업지역을 나누어 일을 한다. 하루 내내 전담 지역에서 영업활동을 하고 주로 오후 다섯 시에 사무실에 모여 각자의 활동을 보고하고 지시사항도 전한다.

요즘 신입사원들은 대개 자기주장이 강하고 때로는 건방져 보인다고도 한다. 교육할 때면 딴청을 피우기 일쑤이고, 사고를 저질러 놓고도 반성은커녕 대드는가 하면 팀장이 지적을 해도 건성으로 듣는 시늉만 한다. 그러나 문제의 신입사원은 영업실적이 좋다고 한다. 그간 전임 직원이 잘 관리해온 데다가 상대적으로 맡은 지역이 좋은 탓이다.

자신에게는 그렇게 요령이나 핑계를 잘 대는데, 회식 때 부장이나 영업 상무에게는 매우 예의바르게 행동하는 그 신입사원의 이중적 모습을 보면 그는 더욱 울화를 느낀다. 그런 점을 한번 호소하다가 상사로부터 오히려 '직원 한 명 다스리지 못하느냐'는 핀잔만 들었다. 상사가 오히려 편을 드니 신입사원은 더욱 제멋대로 행동하고 다른 팀원들에게까지 전과 달리 자신의 말이 잘 먹혀들지 않았다. 그럴 때면 '나만 부당하게 당하는 것 같다' '억울하다' 싶고, 심지어 '차라리 내가 나가버리면 어떨까?' 하는 생각까지 든다고 한다.

"김 팀장, 내가 보기에는 자네, 이제부터가 중요한 시기라는 생각이 드네. 이전까지는 일을 배우고 직장 분위기에 적응해나가는 데 치중했지만, 이제부터는 인간관계를 원만히 이끌어가는 것이 그보다 중요한 과제인 것 같네."

조언과 함께 위로의 말도 덧붙였다.

"어렵다고 느끼는 것이 바로 신입사원과의 불편한 관계라고 했지. 자네 입장에서 보면, 정말 어처구니없는 일이었을 거야. 제대로 하는 일은 없이 요령만 피우고, 선배 무서운 줄도 모르고, 설상가상 상사들은 실적이 좋다는 이유로 신입사원만 두둔하고 말이야."

배신감을 느끼는 것은 당연하다. 더욱이 신입사원에게는 위신도 안 서니 자존심도 상한다. 그렇다고 같이 싸우자니 위를 보나 아래를 보나 망신살만 뻗칠 것 같아 속만 탄다. '그래, 내가 참지' 하는 심정으로 혼자 끙끙 앓으며 참아오다가 한계를 느끼니 사소한 일에도 쉽게 흥분하고, 공연한 피해의식만 커지고, 나아가 직장 내에서 다른 인간관계까지 꼬이게 된다.

신입사원을 비롯한 젊은 직장인들은 자신의 주장과 토론을 강조하는 교육환경에서 성장한 세대이다. 어쩌면 표현되지 않은 진리는 진리가 아니라고 생각하는 세대이다. 그래서 김 팀장 눈에는 그가 눈치 없어 보인다. 사회적 관계 속에서 전후좌우의 맥락을 살피고 주변을 배려하는 눈치가 부족한 것이다. 표현되지 않은 비언어적 메시지에는 매우 둔감하고 훈련되지 않았다. 이미 김 팀장과 신입사원과의 세대 차이가 존재하는 것이다. 그렇다면 그들의 눈높이 또한 존중해주는 배려가 필요하지 않을까.

"먼저 과감하게 자신의 껍질을 벗어버려. 헌 자존심을 꺾고 새 자존심을 세워."

남에게 보이기 위한 자존심은 버리고, 자신을 바르게 세우는 자존심을 찾자는 이야기다. 그가 부당하다고 느끼지만 반발하지 못하는 데는 크게 두 가지 이유가 있다. 첫 번째는 다른 사람들에게 옹졸한 사람으로 보이지 않을까 두려운 것이고, 두 번째는 영악한 신입사원과 맞붙어 이길 자신이 없기 때문이다.

왜 눈치를 보는가. 상사들은 아마 그가 좀더 적극적으로 나서기를 기다리고 있는지도 모른다. 부당하다는 생각이 들 때는 '아니다'라고 솔직하고 단호하게 말할 수 있어야 한다. 자신의 의견을 자신 있게 말하고, 화가 났으면 자신의 감정을 상대방이 알아차리도록 하는 것이 옳은 방법이다. 싸울 줄 아는 것이 건강한 것이다.

그런 다음에, 정말 직장 선배의 경험과 태도를 보여주어야 한다. 신입사원이 그를 비난하거나 대들 때에는 물러서지 말고 반박할 줄 알아야 한다. 물론 먼저 자신을 비판하는 사람의 눈으로 자신과 현실을 보는 냉정함이 있어야 한다. 다음으로는 원칙적으로나 아니면 부분적으로라도 그의 비난에 일단 동의를 하는 게 좋다. 이것은 상대방의 재미를 한풀 꺾이도록 해준다.

그러고는 본격적으로 신입사원에게 해주고 싶었던 말과 자신의 감정을 진지하고 솔직하게 털어놓는 거다. 만약 그것이 통하지 않으면 그를 포기하면 된다. 미련을 둘 필요가 없다. 아무리 천방지축인

망나니 같은 사원이라도, 무섭다는 신세대라도 두려워할 게 없다. 그런 노력에도 가망이 없다면 자신의 문제가 아니고 상대의 문제이니 그가 책임을 져야 한다.

상대방과 겉으로 평화적인 관계를 유지하거나 위장하기 위해 감정을 숨기면 마음의 병이 생기고 결국 언젠가는 후회하게 된다.

"옛 속담에도 있듯이, 세상에 굴러온 돌이 박힌 돌을 빼내서야 되겠어. 더욱이 박힌 돌이 스스로 빠져나가길 기대한다면 해결은 점점 멀어지지. 김 팀장, 옛날보다 많이 약해졌네. 파이팅 해!"

마음속에서 보내는
SOS 신호

직장인이 몸이 아프면 정말 괴롭다. 딱히 진단서를 뗄 정도가 안 될 때 더 괴롭다. 쉬지도 못하고 출근해서 사무실에 앉아 있으려면 여간 곤혹스럽지 않다. 두통, 어깨 결림, 현기증, 나른함, 식욕부진, 허리 통증 등 온몸 구석구석까지 신체통증을 느낀다. 더욱이 불안이나 우울 같은 감정의 고통까지 겹치면 일하기가 더욱 힘들다. 문제는 이런 증상이 좋았다가 나빴다가 하는 데 있다.

50대 중반의 구봉현 씨는 현재 중소기업체 사업본부장이다. 그가 내게 찾아온 것은 수개월 전부터 신체의 다양한 부위에 나타나는 심한 통증 때문이었다. 통증은 뒷골에서 시작했는데 점차 어깨로, 급기야는 허리까지 내려왔고, 심할 때는 팔다리조차도 올리기 힘들 정도가 되어 큰 병원을 찾았다는 것이다. 정형외과, 재활의학과 등 관련 임상과를 돌며 MRI 등 정밀검사를 받았는데도 신체적으로 특별한 이상을 발견하지 못했다. 그러다가 심리적인 면이 의심이 되어 내게 의뢰해왔다. 평가 결과 '신체화 장애'라는 병명이 의심됐다. 마음이 신체의 병을 만든 것이다.

그는 4년 전 국내 대기업 자동차회사 상무로 있다가 희망퇴직했다. 퇴직 후 재취업을 하려고 했지만 생각보다 쉽게 되지 않았다. 젊은 시절부터 늘 꿈만 꾸었던 유화를 취미로 배우기 시작했다. 2개월쯤 지나자 소질도, 재미도 없고 무엇보다도 주부들 틈에서 함께 배우는 것이 어색해 그만두었다.

집을 줄여 이사를 했다. 자녀 교육비의 지출은 줄일 수가 없어서다. 점차 앞날의 막연한 경제적 불안감과 지루함이 커졌고 마냥 백수로만 지낼 수 없다는 위기감에 백방으로 일자리를 구한 곳이 지방의 중소업체 총무자리였다. 하지만 주말마다 서울 집을 오가는 생활을 견디지 못하고 한 달 만에 그만두었다. 작은 공장의 거친 분위기와 40대 젊은 사장의 안하무인격 언행도 견디기 힘들었다. 아무리 목구멍이 포도청이라 해도 얻는 것보다는 잃는 것이 많겠다고 판단했다.

이미 90년대에 해외 근무를 경험했던 화려한 자존심은 접었지만 이런저런 이유로 일자리가 잘 연결되지 않았다. 아내는 딸 시집보

닐 때까지 만이라도 명함 주는 회사가 있으면 들어가라고 윽박질렀다. 딱히 버티거나 맞받아칠 명분도 없었다. 결국 처남의 소개로 현재의 회사에 그저 식대와 교통비 정도만 받고 본부장이라는 명함을 새겼다고 한다. 사무실을 지키고 물건을 배송, 정리하는 등 여러 일을 도맡은 '멀티집사'인 셈이다.

그러나 점차 여기저기서 바지저고리 본부장이라고 무시하기 시작했다. 거기다 물류창고에 물건을 옮기는 일을 도운 며칠 후부터는 몸도 말을 듣지 않았다. 여기저기서 통증을 느끼기 시작했다. 대수롭지 않게 생각했지만 시간이 지날수록 심해지고 끝내 사무실에 앉아 있을 수도 없게 되었다.

나는 어릴 적 학교에 가기 싫으면 배가 아팠던 기억이 있다. 어머님은 '꾀병'이라고 야단쳤지만, 정말로 배가 아팠다. 이유는 '싫다'는 기분이 자율 신경을 통해 위로 전달되었기 때문이다. 그래서 위가 꽉 조여드는 듯이 아팠던 것이다. 그러나 집에 있으란 허락이 떨어지면, 언제 그랬냐는 듯이 멀쩡했던 기억이 있다.

뇌와 정신은 일체이다. 뇌는 수많은 신경으로 이어져 있다. 신경은 우리 신체 곳곳으로 뻗어나가 뇌의 지령을 전달한다. 그래서 마음에 병이 생기면 신체적 증상이 뒤따르는 것이 당연하다. 신체화 증상이 나타난다는 것은 마음의 고통이 있으니 빨리 구조해달라는 신호를 보내는 것이다. '나 기분이 좋지 않으니, 어떻게 좀 해달라'는 요청이다. 증상이 심할수록, 중요한 신체부위일수록 구조 요청도 그만큼 간절하다. 체면상 자기 인격의 무력함을 노출시키지 않은 채, 몸의 고통으로 호소하는 것이다. 남들이 눈치를 채고 도와주기를 바라는 것이다.

이것은 일종의 '갈등 상태'이기도 하다. 여기서 갈등에는 크게 세 가지가 있다. 첫 번째가 '접근-접근 갈등'. 이것도 하고 싶고 저것도 하고 싶은 경우다. 양손에 떡을 쥐고 있다고 해서 항상 좋은 것만은 아니다. 선택이란 항상 긴장과 불안, 그리고 아쉬움을 남기기 때문이다. 두 번째는 '회피-회피 갈등'. 이것도 하기 싫고 저것도 하기 싫은 경우다. 사실 좋은 일보다는 싫은 일이 많지만, 이것이 너무나 만성이 되어버리면 우울증으로 발전할 가능성이 다분하다. 역으로 우울증이 심해질수록 이런 갈등 형태를 많이 보이기도 한다. 만사가 다 귀찮고 싫은 상태가 될 수도 있다.

마지막이 '접근-회피 갈등'. 대안이 좋은 측면과 안 좋은 측면을 동시에 가지고 있는 경우다. 이게 가장 흔한 경우이고 구봉현 씨도 이에 해당된다. 월급과 명함은 갖고 싶은데 그 직장에서는 일을 하기가 싫은 것이다. 이렇게 갈등이 지속될 때, 정신은 혼란에 빠진다. 그리고 더 이상 견딜 수 없을 때, 구조 요청을 보낸다. 정신적 스트레스가 뇌로 전달되고 그 부담이 신경계를 통해 다시 온몸으로 전해진다.

흔한 유형은 답답증이다. '가슴이 답답하다' '마음이 답답하다'
고 호소한다. 자신의 생각, 소원, 희망, 욕구를 참고 억누르는 것이다.
스스로 참을 수도 있고 어쩔 수 없이 참을 수도 있다. 이것이 커지면
'화병'이 된다. 나이든 여성들 중 화병을 호소하지 않는 사람이 드물
며 2차적인 증상을 갖고 있는 것이 보통이다.

답답증과 가장 관계 있는 것이 바로 두통이다. 긴장성 두통, 신
경성 두통, 편두통 등 여러 가지로 불려진다. 뇌파 검사나 CT 촬영
등으로도 설명이 안 되는 두통인데, 원인은 정신적 갈등으로 인한 불
안이고, 이 불안이 잘못 처리돼 특정 근육에 수축을 지속시켜 두통을
일으킨다.

불필요한 검사와 약물광고에 현혹되지 말고 자신의 마음 깊은
곳에서 보내는 SOS 신호를 적극적으로 인정하고 받아들여야 한다.
스스로 갈등을 외면하지 않고 현실적으로 대처해야 한다.

내면 갈등을 다스리는 명상수련

명상이란 어떤 형식과 과정을 통해 궁극적으로 내적 평온함이 극대화
되어 진정한 자기를 만나는 정신 수련법이다. 오늘날 끊임없는 일로

인해 쫓기고 지쳐 있는 현대인들을 편안하게 제정신으로 돌려주는 데 가장 효과적인 기법의 하나가 명상이다. 명상 수련으로 고요와 침묵의 위대함을 배우고, 연민과 자기사랑으로 모든 대상에 대한 자기화에서 벗어나게 됨으로써 삶은 풍부하게 되고 창의적으로 변한다.

기법은 여러 형태가 있으나 지향점은 같으며, 보통 한 가지에 주의를 집중하는 집중명상(concentration meditation)과 오히려 주의를 활짝 개방하는 마음챙김 명상(mindfullness meditation), 크게 두 가지 접근법이 있다.

스트레스와 갈등이 가득한 세상에서 자신의 몸과 마음을 있는 그대로 보고, 느끼고, 자각하는 것이 마음챙김 명상이다. 즉 판단하지 않고, 순간순간의 느낌, 감정, 생각에 긍정적이고 따뜻한 주의를 기울여 알아차리는 것이다. 자신을 깨우고 명료하게 보는 것이다. 머리에 너무 생각이 많거나 아니면 왜곡된 생각으로 오작동 하는 뇌를 다스리는 것이다.

우리의 뇌는 '인지 뇌'와 '감정 뇌'로 나눌 수 있다. 각기 다른 방법으로 우리의 삶과 행동을 지배한다. '인지 뇌'는 뇌의 신피질로 인지능력과 의식적이고 합리적인 기능을 조절하며 신체의 외부 세상을 향하고 있다. 이와 대조적으로 무의식적이고 생존 본능을 지배하는 '감정 뇌'는 뇌의 깊은 곳, 중심에 있는 '변연계'라는 곳이다. 이곳은 몸의 여러 부위에서 정보를 받아 생명 유지에 필요한 생리적 균형을 유지

토록 조정하는 곳이다. 즉 호흡, 혈압, 심장박동, 수면, 성욕, 호르몬 분비, 면역기능 등은 자율신경계를 통해 이곳에서 조정된다. 명상의 목적은 감정 뇌의 불균형을 줄이거나 균형화를 시키는 데 있다.

명상 자세는 앉은 자세로 하는 것이 가장 보편적이지만 서 있는 자세, 누운 자세 혹은 걸으면서도 할 수 있다. 걷기, 요가처럼 행동과 함께 하는 것을 동적 명상, 편안히 누워서 하거나 앉아서 하는 것을 정적 명상이라고 한다.

오래전부터 불교의 수행자들이 해오던 명상기법이 스트레스를 해소하는 데 매우 유용한 기법이라는 것이 의학적으로 입증되면서 서구에서는 임상에 적용하고 있다. 마음챙김 명상 수련자들의 뇌 기능이 활성화되는 것은 물론 학습, 기억, 감정을 담당하는 주요 뇌 구조도 두꺼워진다는 최근 연구 결과는 이전의 명상 효과를 과학적으로 입증하는 것이다.

명상으로 우리가 일상에서 얻을 수 있는 장점은 수없이 많다. 우리의 몸과 마음을 더 잘 이해하고, 감정의 균형을 유지함으로써 스트레스 해소에 도움이 되는 것은 물론 우울, 불안, 중독, 강박 같은 심리적 문제를 스스로 치유하는 데 큰 힘이 된다. 더욱이 예측하지 못하는 삶의 고통과 다양한 미스터리에 관해 깊은 성찰도 가능케 해준다.

수천 년 역사를 지닌 동양의 명상 수련법에 서양의 지식인들은 열광하고 있는데 우리는 아직 간과하고 있다는 것이 아쉽다.

노화를 받아들이고
살아가려면

어딜 가나 여럿이 모이면 서로 자기 병을 자랑한다. 어느 병원이 최고이고, 어느 의사가 명의니, 무슨 약을 먹는다고들 자랑 아닌 자랑들을 한다.

최근 대부분의 큰 회사는 매년 건강검진을 회사 복지차원에서 해준다. 특히 임원들은 부부가 함께 건강검진을 받도록 배려하는 회사도 있다. 대형병원의 마케팅에 힘입어 백만 원이 넘는 프리미엄 건강검진권이 어버이날, 스승의 날 최고 선물이 되고 있는 시대이다.

오늘날 의료정보는 홍수처럼 넘쳐난다. 언론사마다 의학전문기자를 두고 있고 수많은 케이블 채널은 경쟁적으로 질병을 다룬다. 세상이 달라졌다. 내가 젊었던 시절에는 오전 시간에 TV에 출연하는 것을 금기시했다. 회진이나 진료를 뒤로 하고 방송에 출연하는 것을 윗분들은 교육자적인 태도가 아니라고 가르쳤다.

그러나 현재 병원 간의 경쟁은 날로 치열해지고 있다. 병원도 생존하기 위해, 법을 위반하지 않는다면 돈이 되는 일에 노골적으로 뛰어든다. 의료의 수요와 공급의 불균형으로, 지금은 병원 자체에서 소속 병원 의사의 홍보용 출연을 권장하거나 스타 만들기에 열을 올리는 시대가 되었다. 의료관련 방송이나 기사들은 본래의 의도에서 벗어나 경쟁적으로 자극적이고, 작은 것도 침소봉대하는 경향까지 보이니 걱정이다.

요즘 유행인 암과 관련된 방송을 듣다 보면 모두 내 증상을 말하는 것 같고, 꼭 병원에 가보아야 할 것 같은 압박을 느낀다. 자연히 다음날 병원에 찾아가 검사를 받아야 시원해지고, 조그만 병원이거나 의사의 권위가 믿을 만하지 못하면 더 큰 병원을 찾는다.

나이 들면서 너나없이 성인병 징후가 하나둘씩 나타나기 시작하는 것은 자연스런 일이다. 책상에 오래 앉아 있으니, 체중은 불고 허리는 약해진다. 설상가상으로 잦은 저녁 술자리에선 과식과 과음을 피할 수 없다.

자신도 모르는 사이 점차 체력이 떨어진다. 낮에는 업무스트레스로 머리가 피로하고, 낮에 받은 스트레스를 푼다고 마신 술로 몸이 피로해진다. 스스로 혹사시키니 여기저기 경고음이 나오지 않을 수 없다. 한번은 어느 조찬모임에서 식사 후에 참석자 한 명을 제외한 전부가 일제히 혈압 약을 꺼내먹는 것을 보고 매우 놀란 적도 있다.

직장생활 20년이 넘는 중년이 되면 대체로 한두 가지 정도 건강 문제가 생긴다. 회사 임원들의 정기 건강검진에서 흔한 결과는 혈압, 고지혈증, 경계성 혈당 등 세 가지이다. 그 외 지방간, 비만 등 몇 개의 반갑잖은 메달을 더 차기도 한다. 검진판정을 받고 나오면서 흡사 열심히 근무한 일의 결과물인 양 서로 은근히 과시도 한다.

대표적인 건강 문제는 대사증후군이다. 스트레스, 과식, 술, 담배, 운동부족, 비만 등이 원인인데, 당장은 큰 문제가 안 되지만 만성적 경과를 통해 주요 성인병으로 악화되기 때문에 관심을 가져야 한다.

그러나 최근 중년의 직장인 중에는 오히려 너무 건강에 집착하고 걱정하는 사람들이 늘어나고 있다. 건강 염려 때문에 생기는 불안이다. 신체에 조그마한 변화가 있어도 그것을 근거로 큰 병으로 상상한다. 그런 생각은 '혹시나' 하는 가상법으로 발전된다.

정기 건강검진의 중요한 목적 중 하나는 질병의 위험요인을 사전에 발견해 심각한 질병이 되기 전에 예방하거나 조기 치료하는 데 있다. 그러나 실제 위험성이 적은 무의미한 검사결과에 일일이 지나친 신경을 쓰고 불안해하는 건 문제다. 이런 불안이 과도하거나 지속되어 일상의 삶의 질을 떨어뜨릴 때는 병이 되는 것이다.

가슴이 뜨끔뜨끔하다든가, 식은땀이 흐른다든가, 맥이 확 풀린
다든가 혹은 어지러움을 느끼는 것 등이 자주 혼란을 일으키는 막연
한 신체의 증상들이다. 설상가상으로 '이런 증상이 다시 나타나지 않
을까' 하는 예견 불안감 그 자체가 이 같은 증상들을 만들어내기도
한다. 어떤 것이 먼저이고 어떤 것이 나중인지 분간할 수 없어 계속
더 불안해지기만 한다.

자신의 건강을 불안해하는 사람들의 일상생활을 들여다보면, 사
실 염려하고 불안해할 진짜 위험성은 딴 곳에 있다. 실제 염려해야
할 것은 하지 않고 아무런 염려가 없는 신체 증상의 작은 결과나 변
화를 두려워한다.

정신의학에서는 이런 현상을 '대치'라고 한다. 즉 직장문제, 자
금압박, 부채, 자녀 및 가정문제, 가족의 질병 등 염려를 해야 할 사
항은 부정하고, 자기중심적이고 이기적인 심리 방어기제를 써서 불
안을 처리하려는 일종의 회피전략인 것이다.

그런 사람들은 강박적으로 검사에 집착한다. 검사를 한 후에는
결과를 초초하게 기다린다. 혹시 결과에 따라 약물복용이 권유되거
나 재검사를 제안 받으면 더욱 건강염려증에 빠지고 다음 검사날짜
를 손꼽아 기다린다.

의사가 심장에 아무 이상이 없고 걱정하지 말라는 위안을 주면
일시적으로 마음이 편해진다. 그러나 이런 사람들은 또다시 유사한

신체적 증상을 느끼게 되며 지난번에 안정감을 회복하게 해주었던 그 의사를 다시 찾게 된다. 그렇게 병원과 의사에 대한 의존성은 점차 커진다. 약물 의존성과 같은 이치로 의사에게 의존하는 경향이 지나치게 된다.

건강을 염려하는 것과 지나치게 집착하는 것은 전혀 다르다. 머릿속 대부분의 생각이 건강 걱정으로 꽉 차 있다면 불행하다. 자신의 신체건강에 대해 너무 불안해하는 사람은 그 원인을 찾아 문제를 근본적으로 다루어야 한다. 이 의사 저 의사, 또는 이 약 저 약으로 당장 증상을 없애주는 극적인 효과만 찾는 것은 건강 염려증으로 빠지는 지름길이다.

물론 필요한 검사와 약물치료도 중요하다. 더 중요한 것은 검사 결과에 일희일비하기보다는 건강한 생활습관을 유지하는 것이다. 과도한 긴장과 불안을 해소하기 위한 명상과 운동, 절제된 음식 그리고 열심히 일하는 것이 훨씬 더 효과적이다.

명의가 권하는 대로 아무리 조심하고 주의하더라도 우리의 몸은 늙고 병들게 되어 있다. 그러나 아직 오지 않은 병을 미리 걱정하거나 어설픈 자가진단은 더욱 어리석은 짓이다. 노화과정은 필연적으로 병을 수반하게 되어 있다. 오는 병을 막을 수는 없지만 어떻게 받아 들이냐에 따라 삶의 질은 달라진다는 것을 잊지 말자. 받아들이고 더불어 살아가는 것이 지혜다.

©이홍식

—

중년이란 '태어나서부터 오늘까지 얼마나 되었나'보다 '살아갈 날이 얼마나 남았나'를 감지하는 때이다. '남은 생애를 어떻게 사느냐'를 진지하게 생각하다보면 시간이 아까워지고, 과거를 되돌아보게 된다. 그러다 여태까지 살아온 자신의 정체성과 자아의식이 흔들리며 중년의 고비를 겪는다. 그러나 과거의 자신에서 벗어날 때 비로소 자신을 용서할 수 있다. 그래야 다시 새로운 삶을 찾을 수 있다.

퇴직에도
예행연습이 필요하다

금융회사에 다니는 사촌동생이 어느덧 머리에 서리가 내린 50대가 되었다. 지난 연말, 해 넘기기 전에 얼굴이나 보자는 의기가 투합해 우리는 강남역 뒷골목 어느 음식점에서 만났다. 오랜만에 보는 그의 얼굴은 까칠하고 굳어 있었다.

'부장인 그도 베이비부머 세대인데'라는 데 생각이 스쳤다. '연말에 혹시?' 하는 걱정스러운 마음이 내 표정에 드러났는지, 사촌동생은 앞에 있던 소주잔을 비우며 "형님, 나 아직은 안 잘렸어요"라며 말문을 열었다.

"그래도 직장에서는 백수죠, 왜냐? 하는 일이 별로 없으니까. 출근해서 퇴근할 때까지 자리에 앉아 있는 게 고문입니다. '저 늙은이 언제 나가나' 하고 보는 것 같고…… 실제 그래요."

드문드문 이야기하는 동안 사무실에서의 그의 모습이 그려졌다.
가슴이 답답해왔다.

"새까만 후배가 팀장인데 아침에 보면 90도로 깍듯이 인사는 해
요. 그리고 끝이에요. 내 역할 제대로 못하고 월급 타 먹는 일이 이렇
게 힘든 줄 몰랐어요. 전에는 고달파도 내가 아침회의 주관하고 독려
도 했는데…… 그땐 진짜 일하는 맛이 있었는데…… 지금은 딱히 할
일도 없고. 제 계급장이 소총수 노릇은 못 하잖아요."

짠한 마음에 나는 술잔만 거듭 비웠다.

"사표 내고 싶은 생각이 굴뚝같긴 한데, 그래도 참아보려고 마
인드 콘트롤하는 거죠, 뭐. 주변 친구들이 성질내고 직장 뛰쳐나와서
는 결국 보험 영업하다가 그 다음은 다단계회사로 전전하며 망가지
는 것을 많이 보기도 했고…… 그런데 더 억울한 것은, 가만히 보니
인생에 내가 없는 거예요, 그냥 가장만 있고…… 아들이 힘든 고 3이
니까 가장으로 참고 버텨야지 별 수 있겠어요."

'참 성격 좋고 괜찮은 사람인데, 아직은 더 일을 할 수 있을 텐
데……' 나는 우리 사회 시스템이 원망스럽다.

"이제 마음으로 퇴직 준비를 해야죠. 뭐 얼마 안가서 닥칠 문제
이기도 하고…… 요즘엔 자가용 버리고 지하철 타고 다닌다니까요.
차로 30분 거리를 지하철로 세 번 갈아타면 한 시간 반이 걸리더라

고요. 훈련 삼아, 운동 삼아, 기름 값 절약할 겸 그렇게 다녀요, 요즘.”

그의 눈빛은 비장했다.

“그거 잘 하는 거야!”

내가 맞장구를 치니 그는 제스처를 써가며 내게 검증이라도 받는다는 듯이 말을 쉬지 않았다.

“내가 뭐 가진 게 있습니까. 기술이 있나, 자격증이 있나. 그저 내 몸뚱어리밖에 없으니 건강 생각해서 주말에는 산에도 다니고 그럽니다. 내가 총무를 자청해서 친구들에게 연락해요. 주말 산행 팀도 짜고. 그러니 좀 낫더라고요. 결국은 내가 소화하고 우울하지 않아야 주위와 관계도 맺고, 덜 외롭기도 하고.”

계속되는 그의 이야기에 나는 추임새로 화답해주었다.

“옳지, 자존심 별 거 아니야. 자네가 나보다 훨씬 현명하네. 퇴직 예행연습 제대로 하는구먼!”

약간의 시차가 있을 뿐, 누구나 언젠가 겪어야 할 문제다. 퇴직 후에도 수십 년을 더 살아가야 하는데, 새로운 인생을 위한 준비는 외면적인 것 못지않게 내재적 접근이 더 중요하다.

최근 주변에서 퇴직 후 힘들어하는 사람과 그런대로 자기 페이스를 유지하는 사람을 보면, 그 차이가 크게 두 가지 면에서 다르다는 것을 발견할 수 있다.

잘 적응하는 사람은 퇴직 후의 생활에 대해 매우 구체적으로 생각하고 오래 준비해온 사람들이다. 그들의 앞날 계획은 막연하지가 않다. 퇴직 후 힘들어하는 사람들은, 앞날 걱정을 하면서도 어떻게든 되겠지, 아직은 퇴직금을 조금 쓰면서 내게 맞는 일을 찾아보자, 혹은 그간 못했던 해외여행부터 갔다 오자, 하며 현실을 우선은 회피하려 한다.

하지만 퇴직 후 자기 페이스를 잘 유지하는 사람은 그렇지 않다. 그들은 자신의 예상 수입을 고려해 부동산을 갈아타거나 줄이는 데 주저하지 않는다. 그간 해오던 골프 등 취미생활을 다운사이징 한다. 아내와 자식들을 이해시키고 지출의 우선순위를 정하도록 권유한다. 가족들 기죽이기 싫어서 저지르고 보는 불필요한 허세는 하지 않는다. 이전 생활에서 무엇을 줄여야 하는지, 버리고 포기할 것이 무엇인지를 먼저 정하고 행동한다. 노는 것도 크고 작은 계획과 함께 한다. 여행을 가더라도 구체적 계획 아래 새로운 일을 모색하는 준비 차원에서 간다. 그리고 무엇보다 체면을 버리려고 무진장 애를 쓴다.

그간 직장에서의 직위와 관련한 사회적 존재감에 익숙해 있던 사람이 하루아침에 명함이 빈 공란이 된다는 것은 매우 충격적인 사건이다. 이를 머리가 아닌 가슴으로 받아들이는 데에는 실제로 매우 힘들고 긴 시간이 필요하다.

작년에 퇴직한 선배가 처음 부딪힌 예측하지 못한 어려움은, 오전시간에 아파트 경비원이나 이웃집 사람과 마주치는 것이었다고 한다. 그래서 그는 한동안 오전에는 집 밖을 나오지 않았다. 스스로 자격지심을 지울 수가 없었기 때문이다. 3개월쯤 지나고 나서야 편안해졌다고 한다. 결국엔 시간이 해결해준 것이다.

그는 동창이나 친구 모임에 나가는 것도 처음엔 꺼렸다. 모임에서 만난 친구들이 "어떻게 지내냐?"는 인사말이 그렇게 싫을 수가 없었다. 얼마 전까지만 해도 목에 힘주고 살았기에 단순한 인사말에도 예민해지는 것이었다. 마치 '놀고 있지?' 하며 확인 사살하는 것 같아서 '이 녀석들, 다 알면서 묻기는 왜 물어. 그냥 잘 지내냐고 하면 안 되나' 싶어 속이 언짢아진다.

사실, 상대방 입장에서는 새로운 일을 하는지 궁금하다는 관심의 표시일 수 있다. 아니면 그저 아무 뜻 없는 인사일 수도 있다. 그러나 그는 자신의 약점을 건드린다고, 말하자면 체면 때문에 피해의식을 느낀 것이다. 그래도 그것 역시 시간이 해결해주었다.

1년쯤 지나자 그에게 동창모임은 힘들 때 위로 받고, 새로운 정보도 얻을 수 있는 유일한 쉼터가 되었다. "어떻게 지내냐"는 인사에도 이제 웃으며 "그냥 놀지" 하고 여유 있게 맞인사를 하게 되었다.

퇴직 후에도 행복하게 사는 사람들은 자기 삶에 대한 의욕을 가진 사람, 성공했든 실패했든 있는 그대로 자신의 삶을 받아들이는 사람, 타인이나 가족에게 책임을 돌리지 않는 사람, 작은 것에도 감사할 줄 아는 사람들이다.

명함에 새겨진 사회적 체면을 과감히 버려야 새로운 변화가 시작된다. 사는 동안 우리에게는 여러 개의 가면이 생긴다. 도리와 체면의 역할 가면이다. 바깥에서는 과장, 부장, 이사, 사장이고, 집에서는 남편, 아버지이고, 사회적으로 형, 아우, 친구의 역할 가면이 있다.

오랫동안 써온 직위의 가면이 두꺼우면 두꺼울수록 더욱 힘들어진다. 이미 평생 직장에서 과도한 역할 성격에 동일시되어 자기의 참모습을 드러내는 것이 힘들다. 사회적 직위의 가면이 자신의 본래 얼굴인 양 착각에 빠져있기에 그 가면이 벗겨지면 내가 진정 누구인지, 무엇을 해야 하는지, 무엇을 원하는지 등 자기구현에 어려움을 겪는다. 여행사 가이드가 제일 싫어하는 3대 직업군이 교수, 목사, 장교 출신 여행객이라고 한다. 이들은 평소 역할 성격이 너무 강해 가이드 안내를 잘 따르지 않기 때문이다.

과거의 자신에서 벗어날 때 비로소 자신을 용서할 수 있는 법이다. 그래야 '해야 하는 일'이 아닌 '하고 싶은 일' '바람직한 일'이 아닌 '자기가 좋아 하는 일'을 제대로 찾을 수 있다. 퇴직 후 새 삶을 찾아갈 수 있다. 한 번 뿐인 내 인생을 여전히 '남 보라고'에 맞춘다면 남은 날에도 '나'는 없고, '나의 행복'도 찾기 힘들다.

삶에 대한 강한 의지는 자기반성에서 시작해야 한다. 가장 밑바탕에 앞을 보는 통찰력이 숨어 있다. 비록 은퇴 연령이 되더라도 삶이 흘러가는 대로 끌려 다니지 않고 자신이 주인이 되어 끌고 가는 사람은 퇴직 후 우울하거나 두려움을 느끼지 않는다.

이 부장과 헤어져 돌아오는 길에 그의 마지막 말이 머릿속에 오랫동안 맴돌았다.

"저는 '아들아, 너는 항상 내 안에 있거라'라고 다짐합니다. 고통은 내 자식입니다. 나가지 말고 머물고 있어라, 나하고 함께 있자, 하며 끌어안고 있으면 언젠가 조금씩 줄어들더라고요."

그렇게 그는 자신의 삶을 주도하는 어른이 되어 가고 있었다.

PART 2

피로사회의 덫, 벗어나야 산다

이제 속도를 위한 속도는 줄이자

액셀러레이터에서 발을 떼고

브레이크에 발을 올려 쉬었다가 가자

평화롭고 내실 있는 삶을 위한

느림의 지혜가 절실한 때다

회사는
나를 책임지지 않는다

일 년 만에 대학 서클 OB모임에 나갔다. 자식들 혼사가 가까운 탓인지 이심전심으로 만남이 생겼다. 그간 좀 느슨한 관계였으나 후반생에 외톨이가 되면 안 될 것 같아 누구 말처럼 미리 등록하고 싶었다.

대기업에서 근무하다가 임원 승진 일 년 만에 희망퇴직한 후배 김진학 상무의 이야기가 내 마음에 오래 머물렀다.

"얼마 전에 옛날 회사 식구들하고 저녁 모임을 가졌는데 그들한테 희망이 없어 보이더라고요"라며 그는 안타까워했다.

김 상무는 인덕이 있었다. 퇴직 후에도 일 년에 몇 차례 과거 회사의 부하직원 서너 명과 종로 뒷골목에서 회포를 푼다고 한다. 40대

후반에 사직한 후 4년이 흘렀지만 아직도 과거의 직장동료를 만나는 것이 여간 대견스럽지 않았다.

김 상무의 옛날 식구들은 이제 40대 중반 이후의 부장급이지만, 적절한 보직을 맡지 못해 서서히 동력이 빠진 그저 '생존형' 샐러리맨들이 되었다.

'58세 정년퇴직'까지 버티고 나오는 것이 최대 목표가 된 그들은 그때까지 스스로 견딜 수 있을지 불안한 것이다. 곁의 동료는 이사로 승진되어 어깨에 힘주고 다니고 후배는 자기부서의 인사책임자이니 죽을 맛이다. 무엇보다 맡겨진 일이 자존심을 건드린다. 그래도 대안이 없고, 용기도 없으니 그저 몸 낮추고 눈치껏 직장생활을 한다고 한다. 몇 년 뒤 회사를 나가도 앞이 보이지 않으니 불안감은 커지고, 희망이 없다는 것이 가장 견디기 힘들다고 한다.

사표를 내고 나온다 해도 연금을 타기에는 나이가 이르고, 회사에서 갖고 나올 돈으로는 할 만한 개인사업도 없고, 먼저 뛰어든 주변의 경우, 거의 망했다는 이야기만 들려오니 저마다 겉은 멀쩡해 보여도 이래저래 가슴이 까맣게 타도록 가슴앓이를 하고 있단다.

김 상무는 따라오는 그들을 보면서 왠지 '희망이 없는 세대' 같다고 했다. 한때는 잘 나갔는데 더 이상 승진도 어렵고, 수명은 길어져서 갈 길은 먼데 회사에서 퇴직하면 무엇을 하며 살아갈 지가 막막하다는 것이다.

“교수님, 그들한테 내가 직장 선배로서 해줄 이야기가 없어요. 그나마 저는 진작 퇴직을 하는 바람에 이제는 작은 가게라도 장만해서 그런대로 기본생활은 하는데…… 직장생활, 온갖 고생 다하고 부장까지 올라왔지만 줄을 잘못 잡으면 이래요. 먼저 사표 쓰고 나와서는 챙겨주지 못한 내 책임도 있고…… 교수님이면 어떻게 조언하시겠어요. 그래도 심리전문가이니…….”

김 상무는 옛날 직장 식구들 이야기를 하고 있지만 사실, 지금의 자기 처지를 빗대어 하는 말처럼 내게는 들렸다. 그는 명문대학을 나와서 당시 모두가 선호하는 직장에 들어갔다. 의욕과 열정, 사명감으로 맡은 일에 몰두했고, 타고난 성실과 모나지 않은 대인관계로 어렵잖게 주요 부서장으로 승진했다.

그러나 회사 오너의 불합리한 요구에 순응치 못하다가 눈 밖에 나기 시작했고, 급기야 사장이 새로 부임하자 임원 승진 후 일 년 만에 자연스레 명예퇴직의 길을 밟았다.

“김 형이나 나나, 그리고 회사에 남은 후배들이나 이제부터 열심히 다이어트 해야지. 꿈에서 깨어나는 게 첫걸음이고 진정한 어른이 되는 길이야. ‘호랑이굴에 들어가더라도 정신만 차리면 살 수 있다’는 말이 괜한 소리가 아니야.”

나도 모르게 요즘 나의 화두인 ‘뺄셈’에 대해 열변을 토했다.

어제까지는 모든 것에 덧셈을 하며 살아왔다. 그러나 이제부터는 뺄셈을 잘 해야 한다. 개인이나 회사도 성장이 당연시되었다. 월급이 오르고, 집값도 오르고, 통장에 돈이 쌓이고, 직책도 오르고, 물가도 오르고, 여태껏은 마냥 오르기만 했다. 그리고 늘 자신을 '갑'의 입장에 두고 살아왔다.

그러나 이제 현실은 달라졌다. 어느덧 '을'의 입장이 되어가고 있다. 그래서 뺄셈을 받아들여야 한다. 자신의 뜻대로 되지 않는 일들이 허다해진다. 자신의 가치와 수입이 줄어든다. 살고 있는 집값도 떨어진다. 자연히 지출도 소비도 줄여야 한다. 직위나 명함이 갖는 인센티브, 회사에서 혹은 가정에서 자신을 둘러싼 거품 또한 빼내야 한다. 회사 브랜드가 자기 개인의 브랜드가 아닌 것을 알아차려야 한다. 그러면 희망이 보인다.

나의 경우 또한 다르지가 않다. 익숙하게 이름 앞에 붙던 '명의'란 칭호, 이것 또한 자연인 내게 주는 선물이 아니고, 세브란스라는 브랜드 내에 있었기 때문에 갖게 된 착시였다.

모든 것을 줄이고 놓아버리면 편해진다. 냉정히, 객관적으로 자신을 보고, '나'를 찾아야 길이 보인다. 결코 국가나 회사, 어느 누구도 나의 인생을 책임지지 않는다. '김진학 상무'가 아닌 '자연인 김진학'이 되어야 살 길이 보인다.

지금 자신이 당연하다고 느끼는 외면의 가치 중 돈, 명예, 권력

등 중요한 것부터 놓아버리자. 그래야 살 길이 보인다. 계속 손에 쥐고 있으면 골병만 든다. 과감하고 단호할수록 좋다. 놓아버리자.

운명의 반은 환경적인 조건으로 정해지지만 나머지 절반은 자신의 힘으로 얼마든지 설계할 수 있다. 마음가짐이 곧 선택을 좌우한다. 우리의 인생이란 희망을 찾아 항해하는 범선과도 같다.

퇴직 후의 창업에서 여덟 명 중 한 명만 성공한다는 통계를 뒤집어보면 10퍼센트 이상의 성공률이 있다는 사실을 발견한다. 염세주의자들은 실패율만 확대시켜본다. 일곱 명은 비록 정상에는 오르지 못했어도 베이스캠프에서 다음 기회를 다짐해보는 대원들인 셈이다. 그들은 고통에서 많은 것을 경험하고 인내와 끈기, 그리고 희망과 삶의 에너지를 다진다. 사는 재미가 그것이 아니겠는가.

신은 누구에게나 공평하게 단 한 번뿐인 인생을 주었다. 자신을 믿고 용감하게 자신의 운명을 개척할 때 분명 자신의 새로운 길을 찾을 수 있다. 우리, 그 어느 누구에 의해서도, 어떤 상황에서도 휘둘리거나 비틀대지 않는 소신 있는 자기 리더십을 발휘하자.

나만의 탈출구가
절실할 때

사관학교를 졸업한 모든 소위의 꿈은 장군이듯, 모든 직장인의 꿈은 최고 경영자다. 직장초년생들에게 CEO의 자리는 존경과 선망의 대상이다. 그 직위로 단숨에 명예, 파워, 그리고 부까지 거머쥐기 때문이다. 고액 연봉은 물론 비서와 기사 딸린 리무진이 따른다. 명함에서 나오는 힘은 최고의 사회적 대우로 증명된다. 자신의 비전과 열정을 완성시킬 수 있는 그 자리는 남자라면 누구나 동경하게 된다.

그러나 분명 반대급부도 있기 마련이다. 그 위치에 오르기까지 험난한 과정은 뒤로 하더라도 CEO의 위치에 올라가면 매번 새로운 스트레스에 직면하고, 매순간 최종 결정을 내려야 하는 외로운 사람이 된다. 유능한 CEO는 별이 몇 개가 있는 전과자라는 우스갯소리도 있다. 그만큼 리스크가 많은 자리이다. 우리의 기업환경에서는 자칫 잘못하면 범법자가 되기 일쑤이다. 실제로 재산도 아내 이름으로 옮겨놓는 일이 많을 만큼 긴장의 끈을 놓을 수 없는 위치다.

경제여건이 어려운 불황기에는 더욱 초조해진다. 자금압박, 조직관리, 실적부진, 부하직원의 배신과 이탈 등 어느 것 하나 녹록하거나 만만치 않다. 누구보다도 회사 사정은 물론 외부환경의 정보를 많이 가지고 있는 데다 막중한 책임감 탓에 모든 것을 자신이 헤쳐나가야 한다는 압박감, 나만이 모든 것을 해결할 수 있다는 '올마이티(almighty) 맨'이라는 착각 또한 크고 깊다.

권 사장은 CEO가 된 후 오랜 기간 적자이던 회사를 2년 만에 흑자로 회생시켰다. 그래서 회장의 신임이 매우 두텁다. 그는 성격이 유난히 급한 사람이다. 출근시간에 교차로 신호등이 노란불일 때 브레이크를 밟는 기사에게 "탄력 받았을 때 나가야지"라며 혀를 찬다. 비서에게 요구한 서류가 늦으면 얼굴이 붉어진다. 성질을 참느라고 힘들다. 저녁식사 후 부인에게 "과일!" 해놓고 삼십 초 이내에 대령하지 않으면 그만 큰소리가 난다.

그뿐이 아니다. 그는 두세 층 정도는 계단으로 다니는데, 기다리는 시간을 견디지 못해서다. 그 성미를 견디느라 주변 사람들은 얼마나 피곤하겠는가. 아마도 직원들의 술자리에는 권 사장의 급하고 완벽주의인 성미가 안주로 빠지지 않을 것이다.

하지만 가장 괴로운 것은 당사자이다. 부하직원들의 느려터진 모습이 못마땅해서 노상 투덜대다보니 회사가 흑자로 돌아선 후부터는 조직원들의 피로감이 과부하로 바뀌면서 다시 불평으로 바뀌었다. 그룹 내에서도 시간이 갈수록 성질 나쁜 사람으로 취급을 받았고, 자기 일도 뜻대로 풀리지가 않았다.

당연한 일이다. 세상에는 뜸을 들여야 하는 일도 많은 법인데, 갈수록 급하고 느긋하게 기다리지를 못해서 오히려 계약을 그르치는 경우도 허다하게 생겼다. 그럴수록 그의 조급성은 더 심해져갔다.

결국 고혈압과 편두통이 심해지는 신체증상이 나타나서 병원을 찾았다. 본래의 꼼꼼하고 철저한 강박적 성격에 심한 완벽증 증세와 노여움과 분노 등이 뭉쳐서 흡사 실타래를 풀다가 뒤엉켜버린 고양이 꼴이 되어 있었다.

"꼭 이래야 된다" "서둘러 끝내야 한다"는 사람은 세상 살기가 괴롭다. 내가 아는 경영자의 공통점으로는 거의 한 사람도 예외 없이 부지런하고 성실하다. 일은 함께 하지 않아 모르겠지만 함께 여행이나 운동을 해보면 그들은 참 철저하다. 매사 작은 것까지 주변을 배려한다. 아마도 그런 태도가 몸에 배었기 때문에 그 자리까지 올라갔으리라.

매년 그룹 신년사에서 빠지지 않는 것은 '그대로 안주해서는 안 된다'는 독려의 메시지이다. 그간 기업 CEO들의 급한 성격은 척박한 환경에서 발전과 성장의 큰 원동력이 되었다. 의욕과 에너지가 많고, 아이디어가 많다 보니 자연히 그것을 채우려고 급해진다. 일정 부분, 나는 그들의 부지런함에 존경의 박수를 보낸다.

그러나 문제는 급한 성격이 도가 지나쳐 조직원들의 성과를 위한 효율성을 떨어뜨리고, 자신의 건강이나 주위 가까운 사람이 피해를 볼 때는 그게 변명에 불과하다는 사실도 알아야 한다.

이때가 바로 자신을 점검해야 할 시점이다. 무시하면 엔진 과부하로 큰 사고가 나 결국 후회하게 된다. 자신의 브레이크 점검을 철저히 해야 한다. 신체와 정신건강을 위해 천천히 자신의 모습을 들여다보아야 한다. 그리고 열 일 제쳐놓고서라도 자신만의 스트레스 해소용 탈출구를 만들어놓아야 한다.

김 사장은 세 번째 연임한 상장회사의 최고경영자이다. 스스로 스트레스 관리법을 생활화하고 있으며 자신만의 탈출구를 갖고 있었다. 그는 아침 여섯 시경이면 일어난다. 일어나면 먼저 거실 매트리스에서 가부좌를 틀고 10분간 복식호흡과 함께 명상을 한다. 그리고 가벼운 전신 스트레칭을 한다.

아침은 까만 콩으로 만든 두유에 사과 한 개를 갈아 섞어서 한

컵 마신다. 달걀과 된장국이 포함된 가벼운 아침식사는 준비된 명상 음악과 함께 천천히 한다. 특별한 경우를 제외하고 아침 신문은 보지 않는다. 출근하는 차에서 아침 뉴스를 잠시 듣는 정도이다.

차 안에는 항상 가벼운 점퍼와 운동화를 넣고 다닌다. 점심 전후 머리가 무겁거나 어려운 사안이 있으면 회사 주변을 걷는다. 매주 월요일이나 화요일 중 한 번은 정해진 곳에서 마사지를 받는다. 특별한 약속이 없으면 자기 전에 헬스장을 찾는다. 잠자리는 방해받지 않는 작은 방을 침실로 정하고, 침대 곁에 가볍게 읽을 유머 책이나 잠언집을 둔다.

김 사장의 단순한 하루 일과이지만 자신의 몸과 뇌의 휴식을 위한 지혜를 읽을 수 있다. 아침 기상 후 일에 집중하기 전 서서히 긴장감을 높이려는 노력을 엿볼 수 있다. 오전 업무의 집중력을 최상으로 유지하고 점심 이후에는 짧은 휴식과 산책시간을 확보해 뇌의 휴식을 취한다. 머리에 생각이 많을 때 평상심이 흔들린다는 것을 잘 알고 있기에 걷기 등의 동적명상과 식전 짧은 정적명상도 잊지 않고 있다. 자극적이지 않은 소식과 유머를 잊지 않으려는 생활습관도 좋아 보인다.

그의 직위의 장수비결은 절제된 하루 일과뿐 아니라 늘 직장과 가정의 균형을 잃지 않으려는 노력, 12년을 함께 해온 입 무겁고 예의바른 비서가 곁에 있도록 평소 관리를 잘해왔다는 점도 있다. 그러나 무엇보다도 중요한 것은 생각을 비우는 혼자만의 시간을 많이 갖는다는 데 있다.

늘 경영의 압박을 받으며 매순간 중요한 결정을 내려야 하는 CEO들의 스트레스는 보통 사람들과는 또 다르다. 특히 불황기나 경제적으로 어려운 변수가 생길 때 더욱 커진다. 경쟁과 부담감에 시달릴 수밖에 없는 CEO들은 더욱 평소의 자기관리가 중요하다. 어려울수록 평상심을 유지하기 위한 노력이 필요한 것이다.

2011년 10월, 스티브 잡스의 추모 기사가 신문 일면을 장식했다. 공학과 인문학, 완전히 다른 분야를 융합한 천재 경영자의 죽음을 전 세계인이 애도했다. 그는 일찍부터 동양의 명상으로 자신을 관리해왔다. 가부좌를 틀고 텅 빈 방에서 명상을 즐겼다. '비즈니스 위크'지와의 인터뷰 기사에서 명상이 스트레스 많은 자신의 유일한 탈출구라고, 그것이 상상과 현실을 하나로 융합시키는 통찰력을 키웠을 뿐 아니라 자신의 압박감을 정제하는 수련법이라고 말하며 다음과 같이 말했다. "단순함은 복잡함을 이긴다. 단순하게 만들기 위해서는 여러분의 생각을 맑게 하는 노력을 해야 한다. 일단 경지에 오르면 산도 옮길 수 있다."

정신노동이 심할수록 자신만의 특별한 탈출구가 있어야 건강을 유지할 수 있다는 것은 아무리 강조해도 지나치지 않을 것이다.

겸손은 여전히
최고의 생존방법

우리는 5년 임기의 대통령이 바뀔 때마다 똑같은 현상이 어김없이 반복되는 것을 보고 있다. 대통령을 포함한 주위 사람들이 범법행위에 연루되어 조사를 받거나 감옥으로 간다. 반면교사라는 사자성어가 무색하다. 높은 교육수준과 인격에도 불구하고 권력의 맛에 빠지면 너나없이 사람이 달라진다.

동창끼리 주말 산행을 마치고 내려와 하산 주를 하는 자리에서 나오는 이야기만 해도 그렇다. "야, 그 친구 달라졌어. 그 자리에 불려가더니 언제부터인가 전혀 생각지도 않던 말을 하던데. 평소 수줍고 겸손하던 그 친구 입에서……"라며 세상 인심을 주고 받는 게 그저 씁쓸할 따름이다.

많은 학자들은 경영자의 덕목 중 유연함과 겸손함을 첫손가락으로 꼽는다. 인간(人間)의 한자어를 풀면 인(人)의 모양은 사람과 사람이 서로 기대고 있다. 즉 '다른 사람과 서로 떨어질 수 없는 존재'라는 의미다. 인간은 사람 관계이고, 인간의 일생은 사람과의 관계에서 일어나는 여러 사건의 연속으로 이뤄진다.

산업화 시대에서는 리더의 주요 자질로 카리스마를 강조했다. 어려움과 고난을 뚫고 나가야 하는 의지와 신념이 더 필요한 시대였기 때문이다. 강한 통솔력과 조직 장악력은 어려운 환경에서 짧은 시간에 회사를 키우고 급성장시키는 근원적 힘이 되었다.

내가 만나본 CEO 중 부모로부터 회사 경영을 물려받은 CEO들은 대체로 장남이고 카리스마가 강한 편이었다. 그러나 밑에서부터 올라가 전문경영인이 된 사람들은 장남보다는 둘째이거나 오히려 막내인 경우가 많았다. 그들은 어린 시절은 물론 입사 후 줄곧 타협과 기다림이 훈련된 사람들이었다. 주위로부터 도움을 이끌어낼 줄 알고, 부드럽고 유연한 자세를 취함으로써 상대의 경계심을 약화시키는 생존법이 일찍이 몸에 배었다.

제약회사를 경영하는 윤 회장은 부드럽고 겸손한 분이다. 10년 가까이 자문회의에서 만났지만 늘 변함없어 정말 본받고 싶은 분이다. 가식 없는 따뜻한 미소, 어떤 교수의 일방적인 자기자랑에도 이야기를 끊지 않고 끝까지 경청하는 인내심, 직원들을 대하는 정중한 태도, 다소 느린 말투, 모두를 편안하게 배려하는 분이었다. 만나고 교류할수록 그런 매력에 빠져들게 되었고 저절로 머리가 숙여지곤 한다. 회장이라는 '모자'에서 나오는 지위의 힘이 아닌, 겸손과 배려라는 지극히 개인적 인격에서 나오는 리더십에 나는 그의 팬이 되고 말았다. 겸손하고 유연한 성격의 CEO가 연임조건의 첫 순위로 꼽힌다는 조사결과가 가슴에 와 닿는다.

김대중 전 대통령 시절부터 대학사회도 직선제와 민주화 바람을 타고 대학교 내 기관장을 교수들의 직선 투표로 뽑기 시작했다. 종종 내 교수실에 들러 조언을 구하던 선배 교수가 있었다. 그는 의료원의 발전을 위해 당시 CEO의 권위적인 태도와 독선적인 결정 과정을 비난하기도 했다. 대인관계가 부드럽고 겸손하다는 평을 받고 있었던 그가 최고 책임자 선거에 나갔다. '모든 교수를 섬기는 CEO가 되겠다'는 캐치프레이즈가 호응을 얻어 투표에서 1위를 했고 우리 기관의 CEO가 되었다.

취임 후 일 년도 되기 전부터 여기저기에서 그의 태도와 독선에 대한 불평들이 나왔다. 한번은 학생 강의를 마친 후 위로와 덕담이나 나누고자 미리 약속을 하고 그를 찾았다. 방 입구에서부터 비서가 면담을 청하는 내게 누구인지, 용건이 무엇인지를 조심스레 물어보았다. 이럴 거면 사전 약속은 왜 했는지, 나는 적잖이 당황스러웠다. 다소 불쾌했지만 시스템을 이해하기에 특별한 용건은 없고 그냥 안부차 들렀다고 대답했다.

대기실에서 20분가량을 기다린 후에 만나본 그의 얼굴은, 과거 내 방에서 본 그런 얼굴이 아니었다. 얼굴은 굳어져 있었고 억지 미소가 어색해 보였다. 소파에 마주 앉았지만 앞에 놓인 서류를 들쳐보며 안부를 물었다. 단 몇 분도 눈을 마주치지 못할 정도로 일이 밀려 있다는 암시 같았다. 수평이 아닌 수직관계의 갑, 을 상태로 놓고 나를 대하는 듯한 그의 태도에 나는 당황을 넘어 황당한 생각이 들었다. 하고 싶었던 이야기는 접어두고, 건강 조심하라는 몇 마디 덕담만 하고 자리에서 일어났다. 그 후 그를 찾을 일은 없었다. 나의 방문이 그에게 부담이 되기 싫었다.

내게도 그런 모습이 있었을 것이다. 나 자신의 흠을 못보고, 남의 흠집만 탓하는 어리석음 말이다. 머리로만 겸손을 읊었지, 실천을 못했으니 부끄러울 따름이다. 매일 아침 얼굴은 거울을 보고 닦으면서, 가슴에 새기고 행해야 할 단어가 '겸손'임을 잊고 있지는 않는지 되돌아본다. 눈웃음치고 허리 굽실거리고 입으로만 하는 '가식의 겸손'이 아닌 품위와 깊은 배려의 내음이 배인 '진정한 겸손'이 내남없이 아쉽다.

권력의 독은 무섭다. 사람에 따라 독의 부작용은 다르게 나타나지만 분명 권력이 클수록 그 속성상 독은 무섭고 빨리 퍼져나간다. 결국 그 사람이 그 병으로 쓰러지거나 아니면 그 자리를 타의로 물러나기 전까지는 어떤 약을 처방해도 효과가 없다. 뒤늦은 후회만 있을 뿐이다. 현명한 CEO들이 손에서 인문학과 고전을 놓지 않는 데에는 이유가 있는 셈이다.

일찍이 노자는 사람의 도리를 물에 비유했다. "제일 높은 수준의 선은 물과 같다"고. "물은 만사를 이롭게 하나 스스로 내세우지 않고 낮은 곳에 스스로 둔다"고 갈파했다. 대인관계의 핵심은 '겸손'이란 것을 물의 흐름에 비유해 가르치는 말이다.

영어의 '이해하다(understand)'도 상대와 대화를 하려면 상대의 밑에 서야 한다는 단어의 합성이다. 파스칼도 "인간이 알고 있는 것이 물 한 방울이라면 인간이 앞으로 알아야 할 것은 큰 바다와 같다"고 했다. 우리의 지식과 경험에 오만함이 없어야 한다는 겸손을 강조하는 말이다. 그로부터 2천 5백 년이 지난 오늘날까지 여전히 겸손은 최고의 생존방법이다. '좋은 관계' 속에 천국이 있다. '좋은 관계'의 복은 지금, 여기, 살아서 누릴 수 있는 천국사용권이다. 그 비밀열쇠가 겸손 아닐까.

—

어제까지는 모든 것에 덧셈을 하며 살아왔다. 그러나 이제부터는 뺄셈을 받아들여야 한다. 뜻대로 되지 않는 일들이 허다해진다. 수입이 줄어드니 지출도 줄여야 한다. 직위나 명함이 주는 거품도 빼내야 한다. 지금 당연하다고 느끼는 외면의 가치, 돈, 명예, 권력부터 놓아버리자. 모든 것을 줄이고 놓아버리면 편해진다. 그래야 살 길이 보인다.

ⓒ이홍식

당신도
알코올 중독자가 될 수 있다

적당한 음주는 긴장을 완화시키며 대인관계를 편안히 해준다. 그래서 모든 비즈니스 자리에 술은 약방의 감초같이 빠지지 않는다. '술이 떨어질 무렵 친구도 떨어진다'는 러시아 속담처럼 술은 대화를 부드럽게 해주고 분위기를 활기차게 만드는 사교의 감초와도 같다.

인류 역사상 가장 오래된 식품이 술이기도 하다. 그럴 수 있었던 것은, 다른 음식에서는 없는 독특한 맛 이외에도 마시면 기분이 좋아진다는 이유 때문일 것이다. 그래서인지 많은 사람들이 스트레스를 술로 푼다. 실제 통계자료를 보면 남자는 특히, 술로 스트레스를 푸는 것으로 나와 있다. 우리나라 남자 직장인들은 책값의 무려 열 배 이상을 술값에 지출한다고 한다. 세계보건기구(WHO)의 보고에 의

하면 한국인의 1인당 연간 알코올 소비량은 세계 13위이다. 겨울이 길고 추운 북구와 동구권을 제외하면 사계절이 뚜렷한 국가에서의 알코올 소비로는 단연 선두권이다.

또한 우리 사회는 술에 대해 매우 관대하다. 아니, 그간 술을 권하는 문화였다. 술을 한다는 사람들이라면 저마다 음주 후 저지른 무용담 몇 가지는 가지고 있으며, 자랑 반 농담 반으로 술자리 안주로 삼곤 한다. 문제는 적당히 술을 마시고 자제한다는 것이 사람에 따라 매우 힘들다는 데 있다. 음주문화 역시 적당량을 지키기 어렵게 한다. 회식 자리는 흔히 상사나 동료와의 마찰, 꾸지람, 갈등을 퇴근 후 어울리며 오가는 술잔으로 말끔히 해소하고 새로운 연대의식을 갖는 자리이다. 그러나 어울려 마시다보면 한 잔이 두 잔 되고, 두 잔이 세 잔 되고, 점차 잔 수가 늘어간다. 취기가 오르면 자연스레 자제력을 잃고 과음을 하게 되어 몸과 마음을 망가뜨린다.

당나발(당신과 나의 발전을 위해), 노털카(놓지도 말고, 털지도 말고, '카아' 하지도 말고), 개나발(개인과 나라의 발전을 위하여), 찡데오(술을 마시며 '찡'그리지 말고, 술잔에서 '떼'지도 말고, '오'랫동안 들고 있지도 마라), 원 샷 등과 같은 권주사와 회오리 주, 용가리 주, 충성주, 드라큘라 주, 삼색 주, 골프 주, 육각수 주 등 국적불명의 폭탄주 문화는 적당량의 술을 마실 수 있게 놓아두지 않는다.

그래서 '술에는 장사 없다' ' 술친구는 술 끊어지면 그만이다'

'술친구는 친구가 아니다' '성급한 놈이 술값을 먼저 낸다' '술이 사
람을 먹는다' '술이 들어가고 망신은 나온다' 등등 술의 폐단과 관련
된 속담도 수없이 많다.

　손 사장은 상장회사의 CEO다. 이미 이사회에서 두 번 연임을
받을 정도로 신뢰가 두터운 경영자다. 그 손 사장 부부와 우연한 기
회에 3박 4일간 해외여행을 간 적이 있었다. 손 사장은 첫날부터 아
침을 제외하고 점심, 저녁의 식사 자리엔 항상 맥주 혹은 와인을 주
문했다.

　"어이, 이박, 자네 보기에 어떤가? 우리 식구가 날 알코올 중독
자라고 하는데."

　"아니지."

　주저 없는 내 답변에 그는 반색을 표했다. 내 도움을 더 청하듯
아내를 쳐다보며 말했다.

　"그것 봐요, 난 애주가예요. 알겠어요?"

　4일간 자연스럽게 나는 손 사장을 관찰하게 되었다. 낮 동안은
침울하고 무거운 표정을 지어도 밤에 술과 함께하면 그는 전혀 달라
보였다. 어느 정도 마시면 술은 자제가 되지 않았고, 상대를 배려하
는 모습도 잊어버리고 있었다. 그 친구에게는 이미 알코올 의존의 그
림자가 짙게 드리워져 있었다. 그도 이미 그런 자신의 모습에 대해

무의식중으로는 두려움을 느끼는 것 같았다.

그는 거의 30여 년간을 사적모임, 공적모임을 막론하고 어디서나 술로 분위기를 리드해왔다. 그것은 그에게 어쩌면 중요한 성공의 수단이기도 했다. 술과 함께하는 회식 자리는 그에게 유머를 가능케 했으며, 전후좌우 막히고 꼬인 곳을 틔워내곤 했다. 그는 비즈니스나 회사 내 갈등의 해결 도구로 술자리를 애용했다.

물론, 그에게도 나름대로 룰은 있었다. '주말에는 술을 안 마신다. 또한 혼자서는 술을 안 마신다'는 것이다. '주말만이라도 간이 쉬어야 하고 혼자 마시면 알코올 중독자'라는 기사를 본 적이 있기 때문이다.

그를 보며 걱정되는 것은 심각한 알코올 중독이라는 문제보다는 힘들고 어려울 때마다 술에 의존하지 않으면 기분을 다스리지 못한다는 것이었다. 스스로도 술 없는 저녁은 허전하고 쓸쓸해지며 불안정하고 잠들기가 어렵다고 했다.

몇 년, 아니 몇 십년을 술에 의존하고 살았다면, 이미 알코올로 인한 피해자가 된 경우다. 그러나 손 사장은 그 정도까지는 아니므로 지금의 시기가 알코올 의존증에 빠지지 않기 위한, 어쩌면 마지막 기회다. 아직은 초기단계라 해도, 일단 의존증이 중기 단계로 넘어가면 누구도 도와줄 수 없다. 그때가 되면 주위 가족이나 친구의 조언을 피한다. 전문의, 아니 술에 간섭하는 사람들을 만나려고 하지 않는다.

특히 가장이면서 회사 CEO의 위치까지 올라간 사람이면 술에 대한 합리화와 부정 심리기제가 너무나 강해 전문적인 도움을 받는 것을 결코 스스로가 허락하지 않는다. 훗날 완전히 몸과 정신이 황폐해져야 병원을 찾는다. 그러나 그때는 이미 치료의 기회를 놓친 경우가 허다하다. 그렇게 만난 환자 중 치료를 받아들인 환자는 내 오랜 임상경험을 통틀어서도 손가락을 꼽을 정도뿐이다.

실제 대부분의 경우, 초기상태에서는 술 잘 마시는 사람과 알코올 의존이 있는 사람의 차이를 구별하기가 어렵다. 잦은 술자리는 스트레스 해소보다 몸과 마음을 더욱 약화시키고 나약하게 만들어 다음날 필연적인 피로와 함께 스트레스의 저항력을 떨어뜨린다. 그로 인해 생활의 리듬이 깨지게 되는데 이를 도피하기 위한 수단으로 또다시 술을 마시게 된다면 그건 알코올 의존증의 길로 가는 악순환의 시작인 셈이다.

사람들은 알코올 중독자를 길거리에 쓰러져 대낮에도 술에 만취해 있는 부랑인과 같은 사람이라 생각한다. 그러나 실제는 그렇지가 않다. 알코올 중독자의 95퍼센트는 고등교육을 받은 사람들이고, 거의 대부분이 책임 있는 시민의 한 사람이다. 그들은 대개 좋은 직장도 갖고 있지만 스트레스의 도피 수단으로 시작한 음주 때문에 직장을 잃었다. 또한 이 병은 특별한 성격적 결함이나 특수한 체질을 갖고 있는 사람에게서만 생기는 질병도 아니다. 어떤 문제나 갈등으로부터 회피하거나 도망가기 위한 수단으로 술을 마신다면 이미 의존증은 시작된 거라고 보아야 한다.

적어도 음주운전 사범 혹은 술과 관련된 사고로 법적 조치를 받은 적이 있는 경우, 술로 인한 문제로 잦은 결근이나 지각 혹은 휴직한 경우, 술로 인해 부부 간에 심한 불화나 별거 혹은 이혼 경력이 있거나, 술로 인한 신체질환, 예를 들어 알코올성 간염, 지방간, 간경화증 등의 질환이 생겼을 경우 등 이상의 네 가지 경우 중 한 가지 사항만 있어도 알코올 의존증 환자로 의심해봐야 한다.

여행을 마치고 돌아온 후, 나는 고민 끝에 며칠 뒤 손 사장 사무실을 찾았다. 그에게 술의 문제점을 설명한 후 진심으로 조언했다.

"회사 때문에 술을 마신다면 나는 회사를 버리라고 말하고 싶네. 인생은 한 번 뿐이니……."

그리고 말을 더 이어갔다.

"돼지고기에 알레르기성 두드러기가 나타나는 사람들의 가장 근본적인 해결책은 고기를 먹지 않는 것이네. 그러니까 자네는 술 이외의 방법으로 자신의 기분을 달래고 위로하는 방법을 빨리, 그리고 적극적으로 찾아보는 게 좋아."

중국 명나라의 철학자 왕양명은 "사람은 반드시 자신을 위하는 마음이 있어야만 비로소 자기 자신을 이겨낼 수 있고, 자신을 이겨내야만 비로소 자기를 완성할 수 있다"고 했다. 술이나 약과 같은 물질에 매달리는 것은 결국 불행을 초래한다. 이런 사람들은 자신을 돌보는 데 익숙하지 않다. 다른 사람의 칭찬과 인정에 목을 맨다. 겉으로는 다른 사람을 사랑하는 것 같지만 실은 자기비하가 심하기에 자신을 확인하기 위하여 자신의 행동을 인정받으려는 것이다.

그러기에 세상 그 어느 누구, 무엇보다도 자신을 사랑하는 것이 필요하다. 자기사랑도 습관이 되도록 날마다 꾸준히 노력해야 한다. 자신을 있는 그대로 가치 있고 귀하게 받아들이는 자기존중감이 있는 사람들은 외부자극에 쉽게 영향 받지 않으며, 자신을 보살필 줄 알고 책임 있는 행동을 한다.

술 이외에도 자신을 달래는 방법이 많다. 생각만 조금 바꾸면 무엇이든 가능하다. 예를 들어 좋은 음악, 맛있는 음식, 사랑하는 아들과의 전화 통화, 한강변에서 자전거를 타는 것. 이런 소소한 것들도 기분을 좋게 해준다.

최근 내가 빠져 있는 수선재 호흡 명상도 좋다. 나는 손 사장에게 그 장점도 설명해주었다. 그는 아무 말이 없었지만 수용하는 눈빛이었다. 그것이 시작이다.

‘목마른 때에 한 방울의 물은 단 이슬과 같고, 취한 뒤에 더 붓는 잔은 없는 것만 못하다’고 명심보감에서는 이르고 있다. 술이란 잘 마시면 약이 되고 잘못 마시면 독이 되는 양날의 칼이라는 것을 잊지 말라는 경고다. 언젠가 떳떳하게 내 친구 손 사장과 다시 술자리를 함께할 날이 오리라 믿는다.

명심하자. 당신도 알코올 중독자가 될 수 있다.

참지 마라,
사표도 대안이다

대기업의 한 유명 CEO는 "당신은 CEO가 되기 위한 가장 큰 덕목이 무엇이라고 생각하는가"라는 질문에 "참고 기다리는 것이다"라고 말했다. 일견, 고개가 끄덕여지는 말이기도 하지만 내 생각은 다르다. 10년에서 20년 직장생활을 해본 사람들이라면 다 아는 바, 사실 참지 않고 싶은 사람이 어디 있겠는가. 기다려서 될 것 같으면 기다리지 않을 사람이 어디 있겠는가. 그것은 결과론적, 자의적 해석일 뿐이다.

참는 것도 자기 그릇만큼 가능한 것이다. 물론 평소 참는 그릇을 키우는 것은 분명 제 몫이다. 상식적인 직장인이라면 대개 앞뒤를 가려가며 잘 인내하고 때를 기다린다. 문제는 한꺼번에 담을 수 없을 정도로 소나기 같은 스트레스가 내려올 때, 그것도 자신의 의지와는 무관하게 외적인 요인으로 떨어지는 '쓰레기' 같은 직장 스트레스일 때는 이야기가 달라진다.

전자회사에 다니는 최 대리는 입사 8년차이다. 사내 커플이 되어 아내와 함께 한 회사를 다니지만 부서는 전혀 다르다. 평생직장이라고 생각해오며 자신은 그런대로 열심히 다녔다. 윗사람이 바뀐 뒤 소비자서비스센터로 인사 발령이 났다. 남녀 여섯 명이 근무하는 부서이다. 모두 그 부서로 전보되는 것을 꺼린다는 것을 알고 있었지만 인사명령을 거부할 수는 없었다. 회사의 업무를 두루 경험해야 한다고 스스로를 합리화하며 긍정적으로 마음을 먹기로 했다. 그러나 일을 시작한 지 몇 주가 지나자, 왜 이 부서가 자신이 전에 근무하던 곳과 분위기가 다른지 이해가 되기 시작했다.

부서의 임무는 소비자로부터 대리점에서 판매한 제품의 불편사항을 듣고 처리해주는 곳이다. 대부분 민원 전화의 첫마디는 절반쯤 반말로 시작한다. 그리고 구매한 물건에 대해 불평을 쏟아놓는다. 제품의 결함으로 사용하다가 문제가 생기면 무료서비스를 해주지만, 제품의 하자가 아니고 소비자의 사용 부주의로 생긴 고장은 수리 부품교체를 소비자가 부담해야 한다. 그런데 그것을 두고 늘 설전이 벌어진다. 민원인은 이쪽 설명은 아예 들으려고도 하지 않고 무조건 처음부터 문제 있는 제품이라고 우긴다는 게 그의 토로였다.

애프터서비스 직원이 현장에 나가 확인 후 사용 부주의에 문제가 있다고 하면, 전화로 서비스센터 직원이 무료로 해준다고 해놓고 무슨 딴소리냐고 따져 출장 나간 직원은 결국 서비스센터에 공을 던진다. 그 문제로 내부에서 옥신각신하며 갈등은 더욱 커진다.

하루 종일 회사 측이나 소비자 측 양쪽에서 좋은 소리는커녕 불쾌한 소리에 시달리다보니 스트레스가 쌓여갈 수밖에 없었다. 이 부서에서는 누구라도 웃는 얼굴을 보기 힘들다. 마지못해 근무시간만 채우면 자리를 박차고 일어섰다. 자연히 회식이라는 것도 없었다.

최 대리는 자기 일자리를 '영화에서나 보는 우울한 잿빛 공장 같다'고 표현했다. 서로 조금이라도 민원 전화가 폭주하는 시간대를 맡지 않으려고 위아래도 없이 으르렁거렸다. 좋은 소리도 여러 번 들으면 싫은데, 하물며 짜증 섞인 이야기를 하루 종일 듣는 것은 정말 괴롭다. 그건 나의 직업도 마찬가지여서 너무도 공감이 되었다.

아무리 매일 아침 최선을 다하자고 다짐하고 출근해도 사무실에 앉아 받은 첫 통화부터 회사를 비난하는 소리와 함께 막말이 나오면 참기가 힘들다. 부서장은 이런 직원들의 고통을 알면서도 애써 외면하고 여하튼 이 부서를 빠져나갈 궁리만 한다는 것이다. 회사도 직원들의 이런 근무 고충을 귀담아 들으려 하지 않는다.

게다가 영업이익 감소 대책이란 명분으로 출퇴근 엄수, 전기 아끼기, 근무시간 이탈 금지 등등의 사내 메일까지 올라오면 울화가 더 치민다. 그렇게 4개월이 지나면서 그는 급기야 심장이 멈출 것 같은 공황장애 증상으로까지 치달았다. 그래서 나를 찾아오게 된 것이다. 더 이상 감정노동이 극심한 이 부서에서 일할 수 없다고 그는 하소연했다.

"더 이상 참을 수 없어요."

"그렇다고 사표를 낼 순 없지 않아요."

짧은 기간에 급격한 스트레스로 인한 탈진. 정서적 분노, 불안, 우울, 소외감과 함께 기억력 장애가 그에게 혼재되어 있었다. 일정기간 약물치료와 함께 병가를 위한 진단서를 쓰는데 그는 공황장애라는 병명에 대한 주위의 편견이 두려워 간단한 다른 진단명을 요청했다. 나는 매일 걷기 운동을 하거나 정신적 휴식을 위해 짧은 여행을 권유했다. 그에게 이번이 자신의 진짜 모습을 알게 될 기회이고, 또한 자기가 속한 회사의 속 얼굴을 제대로 볼 수 있는 기회임을 강조했다.

정신건강을 위한 아무런 배려 없이 스트레스 범벅인 업무의 부서에 직원을 무대포로 내팽개친 직장은 참고 기다릴 이유가 없는 직장이다. 만약 그로 인해 병이 생기면 자신만 희생자가 될 뿐이다. 모두 그 사람의 인격이나 정신력의 문제로 치부하고 손가락질할 것이다. 그러나 과연 그럴까? 사장이라면 회사를 대표해 욕먹어가며 어쩔 수 없이 자신의 정신건강을 손상하고 있는 이 부서 동료들을 어떤 일보다 우선하여 격려하고 배려해주어야 하지 않을까.

우리 사회도 마찬가지다. 문제가 생기면 그때만 냄비 끓듯 떠들지 결국 희생자만 고통을 받는다. 그러니 여전히, 자신의 삶을 지키기 위한 방어나 보호는 자신의 몫일 수밖에 없다.

나는 장기 병가용 진단서를 발부하고 '스트레스 관리법'에 대한 책자를 그에게 권하면서 한마디 더 덧붙였다.

"이번 기회에, 지금 시점에서 회사와 자신의 장단점을 돌아보기 바랍니다. 직장인들에게 자기관리는 가장 기본적인 덕목이니까요."

스트레스에 대한 평소 저항력을 키우기 위해 규칙적으로 운동하고, 친교하며, 긍정적 마인드를 갖는 것이 중요하다는 것은 누구나 잘 안다. 그러나 스스로 조절할 수 없는 어쩔 수 없는 외부적 문제, 예를 들어 직장의 구조적 문제는 또 다른 문제다. 그건 자신의 탓이 아니다. 이때 스트레스 해소를 잘하라며 견디라는 주위의 일방적인 권유는 전혀 설득력이 없다.

"본인의 가치관에 달렸습니다. 병을 키워가면서 그 직장에 있는 것은 어리석은 일이지요. 죽을 것 같은 불안감이 재발되면 참지 말고 나와요!"

그에게 선택권이 있다는 것을 환기시킴으로써 작은 숨구멍이라도 터주고 싶었다. 총탄이 빗발치는 전쟁터에서 두려움에 못 이기는 병사는 후방으로 이송하여 편히 쉬도록 해주면 호전된다. 위로와 안정은 불안, 초조, 조급함, 두려움, 적개심, 죄의식 같은 부정적인 감정에서 벗어나게 하며 심리적 평정을 준다. 심리적 안정감은 생존을 위한 올바른 판단과 선택을 가능케 하기 때문이다.

참고 기다리는 것도 분명 전략의 한 부분이다. 그러나 참지 못해 직장을 그만두었을 때 또 다른 새로운 가능성도 얼마든지 있는 법이다. 그러니 무조건 참지만 마라, 사표도 대안이다.

"사람은 반드시 자신을 위하는 마음이 있어야만 비로소 자기 자신을 이겨낼 수 있고, 자신을 이겨내야만 비로소 자기를 완성할 수 있다"고 했다. 그러기에 세상 그 어느 누구, 무엇보다도 자신을 사랑하는 것이 필요하다. 자기사랑도 습관이 되도록 날마다 꾸준히 노력해야 한다.

대인공포증에
시달린 내 강의 인생

내가 진료를 했던 진상기 대리는 국내에서 손가락으로 꼽는 직장에 다녔다. 입사한지 4년, 내내 일이 많아 힘들기는 해도 남들처럼 회사에 잘 다니고 상사나 동료들과도 잘 지내는 편이었다. 성격이 남자답다는 평도 받고, 회식자리에서 끝까지 남아 있는 의리도 있었다.

그는 자신의 미래에 대해서도 불안하게 생각한 적이 없었다. 이렇게 열심히 하면 나도 언제가 부장되고, 상무되고, 전무되리라는 막연한 기대감 속에 매일같이 이른 시간에 출근하던 청년이었다. 그는 연초 새로운 보직을 받게 되었다. 그간 해오던 현장 파견의 감사 업무가 아닌 사내 교육담당이었다.

며칠을 지내보니 밤늦게 야근하는 일이 없어 처음에는 좋았다.

그가 맡은 일은 새로 들어온 신입사원을 대상으로 새로 변한 국제협약에 따른 회계처리법을 교육하는 일이었다. 자료를 보고, 교재를 만들고, 슬라이드 제작을 하고, 그리고 그들 앞에 서서 강의하는 일이 주된 것이었다.

그는 새로 바뀐 일의 내용이 쉽게 머리에 들어오지 않는 생소한 부분이 많고, 그 분야에 실무 경험도 없어 매우 난처했다. 윗사람에게 자신이 없다고 말하기엔 자존심이 허락하지 않았다. 더욱이 윗사람은 "아무도 전문가는 없잖아. 앞으로 이렇게 가는 추세이니 신입사원에게 방향만 잡아주면 되는 거야. 네가 우리들 중에선 그래도 그쪽 전공이니 새로운 것에 익숙할 것 같아 맡기는 거야"라며 가볍게 얘기했다.

첫 프레젠테이션을 끝내고 나올 때 30여 명 신입사원의 얼굴에서 '이게 뭐야' 하는 표정을 그는 보았다. 두 명의 질문에 대해서도 적절하게 답변을 못 해주었다는 생각이 들었다. 직간접적으로 자신의 강의가 별로였다는 반응을 느낀 것이다. 그러자 맡은 일이 부담스럽고 힘들게 느껴졌다. 언제부터인가 발표가 있기 전날은 몹시 긴장되고 불안했다. 강의 준비에도 집중이 되지 않고 마음이 혼란스러워졌다.

점차 불안하고 침울해졌다. 발표 전날 저녁, 강의 준비를 위해 책상에 앉았지만 무엇에도 집중할 수 없었다. 아무런 생각이 나지 않았다. 내일의 걱정과 다가올 공포 때문에 숨도 잘 쉬어지지 않았다. 다음날의 두려움에 갑자기 바보가 된 것이다. 아침까지 무표정한 얼굴로 굳은 듯 책상에 앉아 있는 아들을 본 부모는 두려운 생각에 응급실로 데려왔다. 내가 만나본 그는 두려운 눈빛에 몸은 막대기같이 굳어 있었다. 손목에서 느껴지는 맥박은 120회가 넘었고 손바닥에는 땀이 흥건했다. 극심한 공포 상태였다.

그는 짧은 입원과 안정으로 모든 것이 쉽게 정상화되었다. 갑작스런 증상은 보기에 위급해 보여도 쉽게 좋아질 수 있다. 그것을 모르는 보호자가 나를 띄운다.

"아, 역시 선생님은 명의십니다."

그러나 나는 배수의 진을 친다.

"아직 결과를 더 두고 보아야 합니다."

아직 게임이 끝난 게 아니기 때문이다. 앞으로 원인을 찾아서 근본적인 변화를 위한 어려운 싸움을 해야 하고, 그러는 동안 이런 증상은 얼마든지 반복될 수 있기 때문이다. 또한 직장생활을 어떻게 유지하는가도 어려운 변수가 될 수 있었다.

며칠 후 그는 회사에 복귀했지만 일의 자신감과 리듬을 되찾지 못하고 병가를 신청했다. 우울증 증상이 동반되어 주어진 업무를 수행할 의욕과 에너지가 떨어져 더 적극적인 치료가 필요했다. 그로부터 한 달 뒤 그는 다시 회사에 복귀했고, 다행히 회사에서도 보직을 바꿔주었다.

어느 날 진대리가 물었다.

"제 병명이 뭐예요? 우울증입니까?"

"글쎄, 자네는 그보다 먼저, 대인공포증이라고 생각하네."

"이해가 안 돼요. 학교 다닐 때나 직장에 들어와서도 사람을 기피하거나 두려운 적은 없었어요."

그는 개운치 않은 미소를 지으며 연신 고개를 갸우뚱거렸다.

"나도 학생들 앞에서 강의할 때나, 학회에서 많은 참석자 앞에서 발표할 때 늘 긴장과 불안을 억제하지 못해 가슴이 두근거리고 진땀이 나네. 어지럽고 집중을 못 하는 경험을 종종 하지. 대중을 상대로 강의를 할 때면 반복되는 증상이야."

남들이 나의 부족함을 알아차릴 것 같은 불안감, 자신의 진면목이 많은 사람 앞에서 노출되어 발가벗은 것 같은 창피함. 그런 수치심이 두려워 피해의식은 점차 커진다. 당장 그 자리를 빠져나갈 수 없어 그냥 당할 수밖에 없다는 상상을 하게 되면 불안은 더욱 증폭되어 마음을 진정시키지 못하게 되는 것이다.

나 역시 학부, 인턴, 레지던트 시절에는 전혀 그런 공포증이 없었다. 시키는 대로 일을 하거나 주어진 과제만 해결할 때는 몰랐다. 어느덧 조교수가 되어 독립적으로 일을 하게 되고 남들 앞에, 그것도 많은 사람이 나를 주시하는 상황이 늘어나면서 불안이 생기기 시작했다. 특히 윗사람이나 경쟁자 앞에서의 발표는 공포증이 심해졌다. 주위사람이 눈치 채지 못하게 혼자만 끙끙거리며 숨기고 살았지만, 나는 일종의 대인공포증 환자였다.

대인공포증 혹은 사회공포증이라고도 하는 이 현상은 사람들 앞에 나서기를 두려워하고 회피하는 것이다. 개인의 능력과 지적수준을 보아 수치심을 가질 근거가 없는데도 대중 앞에 나서서 이야기하려 할 때 마음을 진정시키지 못한다. 주로 서구사회보다도 일본이나 한국같이 체면을 중시하는 사회에서 흔하다.

사람들 앞에서 말실수를 한 적이 있었거나, 남들의 주목을 받는 상황에서 겪은 불안 경험에서 시작된다. 그런 경험이 생각에 박혀 다음에도 예민하게 반응하고, 이를 회피하려고 한다. 그런 상황이 닥치면 미리 상상해서 생기는 예기 불안이 나타난다.

이런 예기 불안으로 첫 스피치가 엉기거나 더듬게 되면 스스로 창피를 당한다는 피해의식에 빠진다. 나아가 남들이 흉보고 조롱한다는 잘못된 망상으로 번져버린다. 이런 창피스런 상황에서는 자신도 억제할 수 없는 불안 증상이 나타난다. 즉 심장이 터질 것 같고, 가슴이 두근거리고, 손발에 땀이 나고, 쓰러질 것 같은 상태가 된다. 이런 자신의 모습이 청중 앞에 노출된다는 생각에 대중 앞에 설 기회가 다시 오면 미리 불안해지고, 그 불안감 때문에 자신의 발표나 스피치가 실패할 것이라는 생각에 빠진다. 그러니 자연히 남들 앞에 노출되는 사회적 환경이나 자리를 회피하게 되는 것이다.

"나도 강의를 20년 넘게 했지만 아직도 강의실에 들어가면 처음 시작할 때는 매우 긴장되고 실수할까 봐 불안해하지. 끝난 다음은 대부분 홀가분하고 성취감을 느끼지만."

나는 진 대리에게 내 경험을 전해주었다. 이러한 문제는 상황을 피한다고 해결되지 않는다. 피한다는 것은 결국 직장을 그만두고 혼자 방에만 숨어 사는 것과 진배없다.

한국 최고의 가수 패티김 씨가 54년 노래인생을 마무리하는 은퇴인터뷰에서 자신의 무대공포증을 털어놓았다. 무대에 설 때마다 늘 심장이 폭발할 듯 긴장했다고, 천재지변이 일어나 공연이 취소되었으면 하고 바랐던 적이 한두 번이 아니었다고 한다. 세계적인 큰 무대를 주름잡았던 대가수인 그녀도 여느 평범한 사람과 같이 대중공연의 부담감을 자신의 의지로 극복했다는 것이다.

대인공포증은 누구에게나 어느 정도 있는 것이다. 단지 자신의 어려움을 극복하겠다는 의지와 노력의 차이가 있을 뿐이다. 상황을 도피하는 것이 아니고 정면돌파해 나가야 한다. 피할수록, 반복될수록, 대인공포증의 극복은 어려워진다. 이는 약물이나 정신치료로 해결되는 것이 아니다.

나의 불안감 극복 방법을 예로 든다면 이렇다. 나는 강의 자료를 미리 철저히 준비하고, 해야 할 말들을 거의 원고 수준으로 만들어 반복적으로 연습한다. 그리고 거울 앞에 서서 앞에 대상이 있다고 가정하고 예행연습을 한다. 반복 연습으로 원고를 보지 않고 할 수준이 되면 얼굴 표정과 말소리까지 맞추어본다.

당일 아침 다시 한번 더 같은 방법으로 연습한다. 강의실 들어가기 전 조용한 공간을 찾아 눈을 감고 천천히 복식호흡을 하며 "너, 잘 할 수 있어!"라고 스스로 격려한다. 강의에 들어가면 천천히 걸으며, 시선을 좌로부터 우로 모든 청중을 바라본다.

인사와 함께 강의 첫마디를 시작할 때 앉아 있는 청중들 중에서 앞자리의 제일 편해 보이는 사람에게 시선을 주며 시작한다. 첫 3분이 지나면 불안증상은 사라지고 그런대로 무사히 마친다.

강의를 마친 후 성취감을 즐기면서 바둑의 복기처럼 오늘의 발표를 연상하며 어느 부분에서 어색하고 힘들었는지, 어떤 반응에 흔들렸는지 되새겨 메모하고 다음 강의준비에 참고를 한다. 물론 강의 전날은 술자리나 약속은 피하고, 가벼운 운동이나 산책, 뜨거운 목욕으로 긴장을 풀었다. 그것이 대인공포증에 시달렸지만 나름 극복해왔던 내 강의 인생이었다.

내 안의 잦은 분노를
다스리는 법

수입한 닭고기를 외식업체에 납품하는 작은 사업장의 오너 양 사장은 지난해 크게 부도를 맞았다. 그것도 믿었던 친구로부터 당했다. 엎친 데 덮친 격으로 닭고기 수입 단가는 오르고 국내 불경기로 매출은 반으로 줄었다. 평생 쌓아온 기반이 하루아침에 무너지는 두려움에 잠 못 이루는 밤이 허다했다. 자금 압박은 물론이거니와 사업의 미래가 보이지 않으니 너무 답답했다. 숨도 제대로 쉬어지지 않았다.

무엇보다도 혼자만 살겠다고 숨어버린 그 친구를 생각하면 울화를 참을 수가 없었다. 오랜 친구이니 내놓고 욕도 못하고, 더욱이 마누라 앞에서는 '누워서 침 뱉기'인지라 혼자 가슴을 친다. 초·중·고 12년 동창이었으니 배신감은 몇 배로 컸다. 그는 자신의 어리석음과 창피함에 어느 누구에게도 속내를 내놓지 못하고 울화병이 생겼다.

그런 그가 매일 새벽기도를 나간 지 일 년 가까이 된다고 한다. 매주 빠짐없이 통성기도와 찬양예배에 참석하면서 그는 차차 안정되기 시작했다. 목청껏 소리를 질러도 좋은 통성기도 시간과 한 시간가량의 찬양 예배는 후련히 숨을 쉴 수 있게 해주었다. 그는 신앙에 의지해 자신을 승화하고 어려움을 이겨가면서 다시 재기의 의욕과 에너지를 얻었다. 신앙의 영적인 힘과 신으로부터의 위로는 분노를 다스리고 마음의 평정을 얻는 데 매우 긍정적인 효과가 있었다.

분노란 요물은 참고 누를수록 용수철처럼 더 튀어 올라 자신을 괴롭히고 이성을 혼란케 한다. 쌓인 분노를 녹여주는 또 다른 곳은 가정이다. 가정은 울타리가 되어 바깥에서 가져온 분노를 보듬어주고 걸러주는 곳이다. 그러나 집안 분위기가 평소 자유롭게 의사를 표현할 수 있고, 감정을 털어놓을 수 있는 소통의 기능이 원숙해 있어야 가능하다. 아내와 자식들과 정서적인 신뢰도 깔려 있어야 한다. 이런 균형과 기능이 보장되지 않을 때는 밖에서 당한 고통이나 분노를 여과시킬 수 있는 장치는 제대로 작동하지 않는다. 때로 오히려 더 증폭시킬 수도 있다.

가정은 단지 의식주만 해결하는 곳이 아니다. 가족 구성원이 함께 성숙해지고 갈등의 위기를 극복하는 터전으로 가꾸어야 할 책임이 부부에게 함께 있는 것이다. 자식들에게도 가정은 분노를 어루만지고 걸러내는 데 가장 안전한 대피소라는 것을 가르쳐주어야 한다.

나는 양 사장에게 나의 경험을 들려주었다. 지난 2월, 견디기 어려운 배신감으로 분노를 자제하기가 힘들었던 적이 있었다. 답답해서 사무실에 앉아 있을 수가 없었다. 주차장으로 무조건 나온 뒤 망설이다가 차가운 공기를 맡으며 걷고 싶어 가까운 과천 동물원으로 차를 몰았다.

한가한 동물원을 유유히 걷는 동안 동물들과 눈맞춤을 하다보니 마음은 금세 무장해제 되었다. 초식동물의 순진무구한 눈망울을 마주하니 분노에 찬 내 눈빛이 바로 마취되어 눈꼬리가 절로 내려왔다. 착한 눈빛은 나의 얼어붙은 마음을 녹여 평온을 찾게 해주었다.

사육사의 먹이를 조용히 받아먹는 사슴의 큰 눈망울은 금방 울음이라도 터트릴 것 같았다. 두어 시간을 천천히 걸으며 동물들과 눈맞춤을 하니 어느새 나의 미움과 분노가 덧없음을 느꼈다. 나는 서서히 본래의 눈빛을 찾았다.

분노는 누가 내 약점을 건드렸거나, 진심을 몰라줄 때 머리를 내밀었다. 자기 자신에게 만족하는 사람은 상대에게도 너그럽다. 그리고 상대에게 인정받으려고 하지 않는다. 그러나 나는 그러지 못했다. 스스로 눈높이를 낮추고, 자신의 부족을 있는 그대로 받아들여야 한다는 것을 머리로만 알고 있었다.

　그래서 나는 잦은 분노를 다스리기 위해 명상 수련에 관심을 갖기 시작했다. 사람의 감정과 생각은 수시로 바뀌는 것이다. 손님처럼 왔다가 손님처럼 나간다. 내가 그것을 알아차리면 몸과 마음은 흥분하지 않는다. 내 마음이 흘러가는 것을 깨어있는 상태에서 명료하게 알아차리는 것이 마음챙김 명상이다. 분노에 대한 나의 반응은 과거 경험에 의해 언제나 습관적으로, 자동적으로 나타났다. 이것을 자율적이고, 선택적으로 바꿀 수 있도록 도와주는 것이 명상이다. 감정이 편해지면 생각도 절로 그렇게 따라오는 것이 우리 뇌의 기능이다.

　'그래, 다 내 탓이지.'

　그렇게 원망이 사그라지면 마음도 가벼워진다. 내 눈이, 분노 쌓인 내 마음의 눈이 상대의 눈을 보기 때문에, 그 분노가 다시 내게로 반사되어 오지 않던가. 내 얼굴을 언제 자세히 들여다 보았는가, 나의 진짜 얼굴을. 나는 그렇게 반문해본다.

　내 친구 중 김태균 사장은 OECD 국가 중 다른 나라에서 볼 수 없는 독특한 우리나라의 아침 문화가 세 가지가 있다고 했다. '이렇게 많은 교인이 새벽기도에 참여하는 나라가 있는가? 이른 아침에 중년으로 헬스장이 붐비는 나라가 있는가? 그리고 호텔 조찬모임이 이리 많은 나라가 있는가?'라고 그는 내게 물었다. 나는 '있다'고 대답하지 못한다.

정말 오늘의 중년 세대는 부지런하지만, 그런 한편 이면에 있는 우울한 자화상을 보는 것 같아 왠지 마음이 쓸쓸하다. 우리는 아침을 하루의 전투 준비로 시작하는 것 같다. 새벽기도로 어제의 회한과 욕심을 씻고 새 힘을 얻는다. 아침 헬스장에서 건강한 하루 일과를 위해 몸을 풀고 단련시킨다. 그리고 조찬모임에서 뒤처지지 않으려고 아침식사 시간을 아껴가며 인맥관리와 정보를 얻고 일터로 나간다.

'성공신화' '글로벌 성공시대' '성공 CEO' 등등 여기저기서 '성공'이란 단어가 어지럽다. 압축성장의 후유증인지 '성공'과 '자기계발'이라는 단어에 매달린 직장인들의 새벽모임이나 공부 습관은 강박증이 되어, 이제는 빠지거나 빠뜨리면 왠지 불안하고 뒤처지는 느낌에서 자유롭지 못하다.

경쟁과 속도전쟁은 사람들을 일의 함정으로 내몬다. 스스로 자신의 삶과 건강을 해치는 줄 알면서도 빠져 들어간다. '내가 없으면 아무 일도 안 된다'라는 자기도취가 일에 미치도록 만들고 투사로 만든다. '완벽하게 해야 한다'는 강박감은 점차 자신의 심리적 균형을 깨뜨려 하찮은 일에도 쉽게 분노하게 된다.

가슴을 치고 흥분하지 말자. 완벽주의는 목표달성에만 지나치게 집착하게 한다. 스스로 힘든 기준을 세워놓고 자신을 닦달한다. 실패하면 자신에게서 잘못을 찾기 때문에 스스로를 매섭게 질책하고 상실감을 느낀다. 설사 목표를 달성한다 해도 또 다른 목표를 세우기에 바쁘다. 세상일은 서두르면 잃게 마련이다. 서둘러서 되는 것은 아무 것도 없다. 잠시 하던 일을 멈추고 하늘을 쳐다보고 긴 호흡을 반복해보자.

완벽을 추구하기보다는 최선을 추구해야 한다. 최선을 추구하는 것은 현실적인 목표와 과정을 중요시하는 것이다. 실패의 경험은 오히려 삶의 면역력을 높여준다. 두려움을 줄여주고 감정을 억제하거나 가장하는 불필요한 것을 버릴 수 있도록 도와준다. 그러므로 잘못될 수도 있다는 현실을 인정하자. 재물이나 지위보다 더 중요한 것은 마음의 분노가 없는 내적 충만감이라는 것을 명심하자.

이제 속도를 위한 속도는 줄이자. 큰 사고가 나기 전에 액셀러레이터에서 발을 떼고 브레이크에 발을 올려 쉬었다가 가자. 조급하기보다는 평화롭고 내실 있는 삶을 위한 느림의 지혜가 절실한 때다. 일상에서 명상 기법이 필요한 시대가 되었다.

누구든, 어디든
내 고민 들어줄 사람은 있다

옛날에는 도움이 필요할 때 주변에 쉽게 도움을 요청할 수 있었다. 갈등이나 마음의 어려움을 가진 사람이 있으면 가족, 친구, 동료, 이웃들이 나서서 주저 없이 도와줬다. 그러나 개인주의가 발달한 요즘, 선뜻 고민을 나눌 만한 사람이 없다. 모두들 자기 일에 바쁘고 관여하기도 꺼리며 따뜻한 인간관계를 유지하기도 어렵다. 더욱이 사회적 편견 탓에 정신과 문턱을 넘는 것도 쉽지 않다.

분명한 사실은, 언제라도 앞뒤 설명 없이 자기 이야기를 들어줄 수 있는 멘토 한두 명이라도 있으면 힘든 인생살이의 고비를 넘는 데 도움이 된다. 그러기 위해서는 먼저 자신을 이해하고 도와주는 사람을 만들 필요가 있다는 사실을 인정해야 한다. 연령은 중요치 않다. 입사동기라도 좋다.

많은 사람들은 아무도 자신에게 관심을 두지 않는다고 불평하지만 사실은 다른 이들의 관심을 거절하는 경우가 더 많다. 자존심 때문에, 체면 때문에 자신의 마음을 열어 보이지 않는다. 직장생활에서 어려운 고민이 있을 때 가까운 동료에게 속내를 드러내면 그 자체만으로도 큰 위로가 될 수 있는데, 내 상담 경험에 의하면 진정 어려운 고민은 꺼내거나 나누지 않고 있었다. 훗날 부메랑으로 돌아와 자신에게 부담이 될 것 같은 두려움 때문에 속내를 드러내지 못한다. 모든 일에 대해 스스로 결정해야 한다고 배워왔고, 실제 그렇게 하고 있었다. 문제는 그 고민이 스스로를 주저앉게 만드는 경우다.

특히 CEO의 위치에 있으면 직장 구성원과 고민을 의논하기가 매우 어렵다. CEO들은 어려운 고민 중의 하나로 자금문제와 인사문제를 우선순위로 꼽고 있다. 둘 다 회사의 극비사항일 경우가 많다. 특히 구조조정이나 해고를 시켜야 할 때의 고민은 더 깊어진다. 넘치는 고민은 결국 누군가의 도움을 필요로 하게 된다. 이때 고민을 덜어놓을 수 있는 상대가 있는지, 있다면 누구인지가 중요하다.

한 설문 조사 결과, CEO가 고민을 나누는 대상으로 친구와 배우자가 가장 많았다. 그 다음으로 이성 친구를 꼽았는데 이것이 내게는 흥미로운 결과였다. 아마도 고독하고 외로운 결정을 해야 하는 순간, 동정과 위로를 받고 싶어 하는 욕구가 발현한 것 같다.

사람은 혼자서 살 수 없다. 자기 얘기를 들어 줄 수 있는 사람이 필요하다. 특히 고통스런 상황에 처한 사람의 경우, 적절한 상담과 조언을 해줄 수 있는 가까운 사람이 필요하다.

50대 초반의 박 사장은 강남에서 인테리어 시공 회사를 경영하고 있다. 최근 일감이 줄어들면서 아홉 명이던 직원이 네 명으로 줄었다. 박 사장은 사업상 어려운 인간관계의 고민과 갈등은 단골 술집 마담에게 의논한다고 한다. 그녀와는 이해타산이 없고, 다른 사람에게 말이 새어나갈 염려가 없어서 좋다고 한다. 또한 산전수전을 다 겪은 터여서 나이는 어려도 사람 보는 눈이 총기가 있어 때로는 판단에 도움이 된다고 한다.

고민을 혼자 담아두는 것보다는 누구에게든 꺼내 보임으로써 자신의 스트레스 부담을 줄이고 위로를 받는 것은 좋다. 이왕이면 고민과 관련된 자신의 왜곡된 감정과 판단의 오차에 관해서 객관적인 도움을 기대할 수 있는 상대가 가장 좋기는 하다.

멘토(mentor)의 사전적 의미는 현명하고 신뢰할 수 있는 상담 상대를 뜻한다. 학력이나 사회적 영향력이 있어야 멘토가 될 수 있다고는 생각하지 않는다. 나의 경우 아버지, 친구, 나를 가르친 스승, 아내, 아우, 때로는 아들도 사안에 따라 좋은 멘토였다.

만약 새롭게 사람을 찾아야 한다면 자신과 가치관이나 취미가 비슷한 사람 중에서 찾는 것도 좋은 방법이다. 가치관이 비슷하면 오래 편안한 관계를 맺을 수 있다. 취미모임에 참여해보는 것도 좋다. 한번 관계가 형성되면 자신에게 스트레스를 주는 문제에 대해 쉽게 이야기를 나눌 수 있다. 어렵잖게 시시각각으로 충고를 받을 수 있고 미래에 대한 계획을 검토 받을 수도 있다. 책이나 예술을 통해서도 간접적으로 자신의 잠재력을 향상시키고 삶의 지혜와 방향을 찾아낼 수 있다.

또한 필요한 도움과 기술을 줄 수 있는 상담기관의 전문적인 상담자, 정신과 의사 등 전문가를 활용하는 것도 중요하다. 대부분의 사람들은 전문가를 두려워하는 경향이 있지만 그들은 그 일을 하기 위해 존재하는 사람들이다. 조금도 부담스럽게 생각할 필요가 없다. 비밀이 보장될 뿐 아니라 전문가들은 더욱 효과적인 대응기술을 가르쳐줄 수 있다. 또 그렇게 하는 데 필요한 훈련도 시켜줄 수 있다.

정보가 없다고 걱정할지도 모른다. 그러나 적극적으로 찾으려 노력한다면 매일 접하는 신문, 잡지, 인터넷에도 많은 정보가 있다. 몇 번의 전화로 도움을 얻을 수 있는 기관이나 단체를 알아낼 수 있다. 최근에는 무료 전화상담뿐 아니라 사이버 상담도 가능하다. 상담자들 중에는 전문지식과 경험을 갖춘 재능기부 봉사자들이 많다. 우선 찾아보자. 누구든, 어디든 내 얘기를 들어줄 사람은 있다.

'백지장도 맞들면 낫다'는 속담처럼 밤잠을 못 이루는 고민이 있다면 자신이 조금이라도 편안하게 느끼는 사람을 찾아라. 그리고 고민을 내려놓아라. 설사 시원한 답을 얻지 못하더라도 일단 상대에게 끄집어내놓은 만큼 마음은 가벼워진다. 그러면 다음이 보일 수 있다.

낙타가 주저앉는 것은 무거운 짐 때문이 아니다. 계속 쌓인 짐 위의 작은 깃털 하나에 그만 주저앉는다. 우리의 고민도 그때그때 퍼내야 주저앉지 않는다.

ⓒ이홍식

—

'성공신화' '글로벌 성공시대' '성공 CEO' 여기저기서 '성공'이란 단어가 어지럽다. 왜 전투를 치르듯 살아야 하는가. 뒤처지지 않으려고 시간을 아껴가며 강박적으로 뛰어다니고, 건강을 해치는 줄 알면서도 스스로를 닦달하고, 실패하면 자신을 탓하고 절망하면서…… 왜 삶을 투사처럼 살아야 하는가. 성공보다 중요한 건 마음의 분노가 없는 내적 충만감에 있다는 걸 우리는 알고 있지 않은가.

내 몸이 느끼는
경계경보에 귀 기울이자

오늘날 '스트레스'라는 외래어는 어른은 물론 어린 유치원생들도 사용하는 말이 되었다. "스트레스를 받았다"라고 말할 때 나타나는 우리 몸의 변화는 매우 정교하다.

손수 운전 중에 옆 차선의 다른 차가 갑자기 뛰어들었다고 가정하자. 이때 누구라도 깜짝 놀란다. 순간 운전자의 가슴은 두근대고 숨이 가빠지며 동공이 커진다. 대부분의 운전자는 반사적으로 브레이크에 발을 올린다.

위험에 대한 즉각적인 대처를 하고 나서야 비로소 감정적인 반응이 시작된다. '정신없는 사람' '도대체 운전을 그 따위로 하나' 화가 치밀어 오르고 욕설이 튀어나온다. 위급한 상황이 지나면서 뒤이어 근육의 긴장감을 느낀다. 뒷머리가 띵하고 허리도 뻐근하다. 이런 증상은 흔히 일어나는 스트레스의 신체적 반응이다. 우리 몸의 본능적인 반응 현상이다.

스트레스를 받을 때 나타나는 증상은 사람에 따라 다양할 수 있다. 전신에 걸쳐 나타나기도 하고 어느 한 신체부위에 한정적으로 나타나기도 한다. 어떤 사람은 온몸이 쑤시고 피로한 증상이 나타나지만 어떤 사람은 얼굴만 빨개지기도 한다. 또 어떤 사람은 몸은 괜찮은데 괜히 마음이 불안해져서 일손이 잡히지 않기도 한다. 스트레스에 의해 나타나는 징후와 증상은 이렇게 매우 다양한데, 크게 네 가지 범주로 나누어볼 수 있다.

스트레스에 노출되면 신체적인 증상으로 느끼는 경우가 제일 흔하다. 두통이나 요통과 같은 통증을 느끼는 거다. 가슴이 답답해지면서 아픈 경우도 있고 쥐어짜는 듯이 배가 아프기도 하다. 방귀나 트림이 나오는 사람도 있고 구토나 설사가 일어나기도 한다. 드물게는 오한이 나기도 하고 손이 떨리기도 한다. 현기증을 일으키거나 졸도하기도 한다.

사람마다 나타나는 스트레스 반응이 다른 것은 타고난 체질이나 유전적 영향으로 설명된다. 위장 계통이 안 좋은 집안은 스트레스를 받을 때 그쪽 계통의 증상이 잘 나타난다는 것이다. 신체적 증상만 나타나는 사람이 있는가 하면 통증이 주로 나타나는 사람도 있다.

또 신체증상과 정서장애가 함께 오는 사람도 있다. 일시적인 스트레스로 인해 생긴 증상은 스트레스가 해결되면 자연히 사라지며 그 증상 역시 가볍다. 문제는 스트레스에 계속 노출되고 지속될 때이다. 지속적으로 스트레스를 받으면 신체증상 역시 만성이 된다. 만성적인 두통, 설사, 소화불량, 변비, 불면증, 요통, 피로 등이 찾아오고, 심각한 경우 병까지 얻게 된다.

스트레스에 대한 반응은 신체증상만이 아니다. 스트레스를 받으면 행동장애도 나타날 수 있다. 술이 늘고 담배 양도 증가한다. 먹고 마시는 양이 증가한다. 손톱을 깨물거나 손발을 떠는 형태도 보인다. 심할 경우 물건을 던지거나 흥분하는 행동도 증가한다.

다음으로 정상적인 인지능력도 방해를 받는다. 그 대표적인 예가 건망증과 강박적인 사고이다. 스트레스를 많이 받으면 기억이 깜박깜박하고 혼란스러워진다. 원인이 자신에게 있는 데도 타인에게 잘못을 돌리고 남의 탓을 한다. 친한 친구 이름도 얼른 생각이 나질 않고 심지어 몇 년째 타고 다니는 자동차 번호도 헷갈린다. 이런 경우 실제 지능은 영향을 받지 않는다. 치매 현상과 달리 장기 기억에는 전혀 손상이 없다. 스트레스로 인해 단지 집중력이 떨어지고 산만해져 기억의 회상에 어려움만 생길 뿐이다.

50대 초반의 어느 교수는 최근 "간혹 금방 한 일도 까맣게 잊어버린다. 출근할 때 아내가 부탁한 중요한 은행 일도 잊어버린 채 집으로 돌아와 저녁에 타박을 받는다"고 했다. "서류나 우산은 들고 다니기가 무섭게 놓고 나와요. 젊은 나이에 웬 까마귀 고기를 먹었는지 이렇게 기억력이 갑자기 나빠질 수 있나요?" 하며 매우 심각한 표정으로 반문했다.

하지만 그는 신경학적 검사나 뇌단층 촬영에서 이상소견이 없었다. 문제는 최근 그의 직장인 학교에서 새로 담당하게 된 신문 편집인 노릇에 골머리를 앓고 있었으며, 저녁이면 일주일에 두 번씩 야간 대학원(교육 고위자과정)까지 다니는 억척스러움에 있었다. 그런 생활을 지속하다 보니 심신에 감당하기 어려울 만큼 스트레스가 쌓이고 그 반응으로 인지 기능의 어려움이 생긴 것이다.

만성 스트레스로 강박적인 사고 또한 증가한다. 흔히 '걱정'의 형태로 나타나 사소한 일에도 근심 걱정이 그치지 않는다. 소화가 조금만 안 되어도 '혹시 위암은 아닐까' 아이들이 늦게 오면 '혹시 사고라도 나지 않았나' 아내가 늦으면 '혹시 다른 재미를 보는 게 아닌가' 하며 과도하게 소심해진다. 자기 스스로도 불필요하고 쓸데없는 생각이라고 인정하면서도 떨쳐버리지 못하고 전전긍긍한다.

오늘날 현대의학에서는 이런 경우를 건강과 질병 사이에 있는 제 3의 상태 즉, 서브 헬스(sub-health)라고 정의하고 있으며, 인구의 50퍼센트 이상이 해당되는 것으로 알려져 있다. 이들은 다양한 증상을 느끼거나 경험하고 있지만 병원에서는 특별히 진단되거나 병리현상을 발견할 수 없는 상태로, 이때 잘 관리하지 않으면 병으로 발전할 수 있기에 예방적 차원에서 매우 중요한 영역이다.

스트레스 징후나 증상이 보일 때는 우리 몸이 도움을 청하는 경고 신호임을 알아야 한다. 이때 자신이 처한 스트레스를 찾아내 줄이거나 혹은 스트레스를 이겨낼 방법을 찾아야 한다. 도피냐 투쟁이냐를 결정해야 하는 것이다. 이를 정신의학에서는 '스트레스 관리'라고 한다. 스트레스 관리가 적절히 작동하면 스트레스 반응은 점차 줄어들어 심각한 질병으로 진행하는 것을 예방할 수 있다.

암을 비롯한 모든 성인병의 발생에 스트레스가 가장 중요한 원인이라는 것은 이미 알려진 사실이다. 당뇨병 환자가 당뇨식에 집착하는 것도 중요하다. 고혈압 환자가 혈압약을 매일 복용하는 것도 중요하다. 비만인 사람의 음식 다이어트도 중요하다.

하지만 모든 질병의 근본적인 원인인 스트레스를 제대로 관리하지 않으면 깨어진 항아리에 물붓기이다. 하도 자주 들어 귀 밖으로 흘려들을 위험을 경고하고 싶다. 몸으로 이미 경계경보를 느낀다면 더는 미루지 말고 오늘부터 바로 스트레스 관리에 들어가야 한다.

스트레스 관리란 그리 어려운 것이 아니다. 기본적인 개념은, 규칙적인 수면주기와 적절한 수면환경, 자신에게 맞는 운동, 규칙적인 식사 시간과 합리적인 영양 섭취, 금연 및 절주, 과로하지 않을 정도의 일과 휴식, 긍정적 사고와 절제된 욕구, 따뜻한 가족관계, 그 외에 가벼운 스트레칭이나 명상 등으로 평소 스트레스에 대한 저항력을 키우는 것이다.

스트레스 징후와 증상은 경고이다. 이때가 바로 스트레스를 관리해야 할 최적의 타이밍이다. 늦추거나 미루지 말고 '행동'해야 후회가 없다.

스트레스 징후와 증상

신체증상　조홍(얼굴이 화끈 달아오름), 변비, 땀이 남, 피로감, 입 마름, 식욕부진, 숨이 가빠오거나 자주 쉼, 신경성 오한(열은 안 높은데 몸이 떨림), 가슴이 답답하고 통증을 느낌, 맥박이 빨라짐, 수면장애, 심장 두근거림, 방귀, 혈압 상승, 불규칙한 호흡, 트림, 복통(순간적으로 쥐어짜는 듯한 통증), 허약감, 하복부의 불쾌감, 소화가 안 되거나 속이 쓰림, 어지러움, 졸도, 구토, 설사, 감각이상(자기 살 같지가 않음), 불면증

운동근육 이상　두통, 요통, 몸이 뻣뻣함, 수전증(손이 떨림), 잦은 한

숨, 근육통, 경직(특히 목, 어깨, 허리)

행동장애　신경질적인 습관(손톱 깨물기, 발 떨기 등), 시끄럽고 어수선한 곳을 피함, 먹는 것, 마시는 것, 흡연, 울음, 욕설, 비난, 물건을 던지거나 때리는 행동 증가

정서 및 인지증상　안절부절못함, 공포감, 몸이 떨림, 우울감, 쉽게 피로함, 흥분감, 막연한 걱정, 쉽게 잊어버림, 두려움, 악몽, 집중력 약화, 죽음에 대한 공포, 주의력 산만, 우유부단함, 혼돈스러움, 불안감, 성급함, 좌절감, 짜증스러움, 건망증

피할 수 없는 스트레스를 이기는 지혜

직장이란 환경에서는 스트레스를 피할 수 없는 경우가 대부분이다. 뿐만 아니라 현대사회는 도처에 스트레스가 널려 있다. 스트레스가 피할 수 없는 것이라면 스트레스와 더불어 살아가려는 지혜가 필요하다.

크든 작든 정도의 차이는 있겠지만, 여하튼 스트레스는 우리 신체와 정신에 좋지 않은 영향을 미친다. 평소 스트레스를 잘 견디려면 저항력을 키워야 한다. 즉 면역력이 떨어져 있을 때 쉽게 감기가 걸리듯이 평소 정신 에너지가 충분히 확보되어 있지 않을 때, 스트레스를 강하게 그리고 길게 받으면 스트레스의 희생자가 된다.

흥미로운 것은, 어떤 스트레스를 받더라도 우리의 몸은 3단계의 일정한 생리적 반응 단계를 거친다는 것이다.

첫 반응으로 자율신경계가 매우 흥분되는 '경계 단계'가 나타난다. 이는 나타났다가 바로 소멸되는 특징이 있다. 계속 스트레스에 노출되면 다음의 '저항 단계'로 옮겨간다. 겉으로 볼 때 신체 상태는 거의 정상으로 돌아간 것처럼 보이지만 실제는 스트레스를 유발한 요인과 맹렬히 투쟁하고 있다. 스트레스가 줄어들거나 없어지지 않고 장기간 지속되면 저항 단계도 서서히 무너지고, 마지막 세 번째 단계인 '탈진 단계'로 나아간다.

저항 단계가 무너지는 것은 우리 신체의 보유 에너지가 모두 소모되었기 때문이다. 또 저항할 수 있는 에너지가 없다는 것은 신체가 더 이상 효과적으로 대항할 수 없음을 의미한다. 바로 이 탈진 상태에서 질병이 생긴다.

예를 들어 차가운 물속에 빠졌다고 가정해보자. 첫째 '경계 반응'이 나타난다. 이때 우리 몸의 기능은 활성화된다. 아드레날린이란 호르몬의 분비로 심장박동이 증가되고, 호흡이 거칠어진다. 동공이 확대되고 소화기능은 억제된다. 이때는 에너지 방출이 많아지고 근육강도가 높아지며 청력과 시력이 증가되어 우리의 신체가 어려운 상황을 쉽게 대처할 수 있는 경계 단계로 만든다.

시간이 지나면서 몸은 온도에 적응이 되어 점차 덜 차갑게 느껴진다. 이때가 '저항 단계'이다. 이 단계가 얼마나 오래 지속될지는 스트레스의 정도, 즉 물의 실제온도, 그 사람의 신체 조건과 신진대사 능력 등에 달려 있다. 저항 단계에서 신체는 스트레스 때문에 입은 손상을 보충하여, 극단적인 추위나 스트레스에 적응하거나 더불어 사는 것을 배우게 된다. 그러나 차가운 물이라는 스트레스가 오랫동안 지속되면, 위기에 대응하기 위한 준비상태를 유지하려는 몸의 요구를 견뎌내지 못하여 '탈진 단계'로 빠진다.

만약 차가운 물에서 구조되지 않거나 계속 빠져나올 수 없다면 찬물에 적응한 듯한 시간이 지나면서 조만간 다시 춥고 떨리기 시작한다. 차가운 물에 의해 소모되는 체온을 몸에서 더 이상 생산할 수 없게 되고 근육세포에는 폐기물이 축적되어 피로와 통증을 느낀다. 근육 경련이 생기며 마치 처음 찬물에 빠졌을 때와 유사한 신체반응이 일어난다. 이때 찬물에서 벗어나지 못하면 탈진이 지속되어 극단적일 경우 결국 죽음에까지 이를 수 있다. 그러나 탈진 단계의 경우 대부분은 우리 몸의 특정 부위에만 영향을 미치므로 회복이 가능한 편이다.

마라톤 주자를 예로 들어보자. 뛰는 동안은 근육과 심혈관계에 심한 스트레스를 경험하고 탈진 상태에 이르지만, 쉬고 나면 정상 상태로 되돌아온다. 그런데 만약 탈진 상태에서 휴식이 없이 계속 같은 스트레스가 반복되고 가중된다면 고혈압, 동맥경화증, 당뇨, 편두통,

위궤양, 과민성위장증후군, 류마티스성 관절염, 천식, 심지어 암 등의 정신신체 질환(psychosomatic disorder)으로 진행될 수 있다.

신체의 보유 에너지가 충분하고 강할수록 우리 몸은 '탈진'에 빠지지 않고 스트레스의 피해를 줄일 수 있다. 스트레스를 효과적으로 극복하기 위해서는 '저항 에너지'가 있어야 하는 것이다. 그렇다면 평소 어떻게 스트레스 저항력을 키울 수 있을까? 그 방법은 너무나도 단순하고 일반적인 것들이다. 무엇보다 꾸준한 실천이 관건이다.

첫째, 적당히 자고 휴식을 취하며 둘째, 적당한 운동량을 확보하며 셋째, 건강한 식사습관을 유지하는 것이다. 즉, 최적의 신체조건과 능률을 유지하기 위해서는 수면과 휴식, 운동, 균형 있는 식사의 좋은 습관을 몸에 배게 해야 한다. 이 세 가지가 잘 조화되면 스트레스에 대항할 수 있는 힘과 저항력이 생긴다.

누구나 지킬 수 있는 단순한 내용 같지만 이 세 가지를 잘 지켜내기는 말처럼 쉽지가 않다. 이 세 가지는 서로 톱니바퀴처럼 연결되어 있어 어느 축 하나라도 잘 돌지 않으면 나머지 것들도 연이어 삐걱거린다. 잠을 설치면, 입맛이 없어지고, 먹지 못하면 힘이 없어 움직이지를 못한다. 다시 운동량이 부족하니 자연히 수면도 어렵다. 이렇게 악순환의 고리를 밟는다.

엉켜진 톱니를 풀기 위한 첫 단초는 운동이다. 움직이는 것부터 시작해야 한다. 나의 경험으로는 몸과 마음의 이완을 위한 걷기운동이 최고이다. 매일 최소 한 시간 이상 걷는 게 좋다. 한 시간으로 효과가 없으면 두 시간으로 늘린다. 그렇게 하다 보면 식욕이 오르고, 수면의 질이 좋아진다. 이것이 반복되면 서서히 에너지는 증가되어 스트레스를 이겨낼 수 있는 저항력이 생긴다.

스트레스가 쌓이면 가장 먼저 나타나는 증상은 피로감이다. 이때는 자신의 몸을 위해 구체적 조치를 취해야 할 시점이다. 극도의 피로가 되는 것을 막아야 한다. 밤 동안 깊은 잠과 꿈을 꾸는 잠이 약 90분에서 120분 간격으로 교차되는 것과 마찬가지로 하루의 일과에서도 에너지와 집중력이 최고조에 달하는 시간 사이에 저에너지와 비능률이 끼어 있어야 한다. 두 시간 노동에 적어도 15분 정도의 휴식이 필요한 것이다. 직장에서 운신의 폭이 좁으면 느긋이 차 한 잔을 마시거나 간단한 스트레칭으로 긴장을 풀어도 좋다.

몸이 요구하는 것을 소홀히 했을 때 항상 문제가 생긴다. 세밀한 몸의 소리를 예민하게 듣는 태도는 언제나 옳다. 몸은 정직해서 힘들면 힘들다고 어김없이 먼저 사인을 보낸다. 무심한 태도로는 알아차릴 도리가 없다.

자신의 생활리듬을 조정하고 슬럼프에 빠지지 않기 위한 취미도 한 가지 정도는 갖는 것이 좋다. 낚시, 서예, 바둑, 노래 부르기, 그림 그리기, 등산, 테니스, 골프, 축구, 조깅, 수영 등 어떤 운동, 어떤 취미라도 가능하다. 종교생활이나 사회활동도 좋다. 자신에게 의미가 있고, 실천 가능하고, 만족감을 얻을 수 있으면 된다. 단 그런 활동이 지나쳐서 가족이나 주변에 피해가 되면 곤란하겠지만 말이다.

이것도 저것도 관심이 없는 무취미한 사람이라면 좋은 영화나 연극을 골라보는 것도 좋다. 아니면 가까운 친구들 모임에 나가 수다를 실컷 떨어도 좋다.

스트레스는 누구나 공감할 수 있는 외부적 스트레스일 수도 있고, 자신도 이해할 수 없거나 원인도 모르는 내부적인 것일 수도 있다. 사람들은 보통 이유 있는 스트레스로 인해 겪는 곤경이나 어려움 등에는 자존심을 상하지 않는 편이다. 저항할 마음의 준비를 하기 때문이다. 그러나 막연하거나 사소한 일상적인 스트레스가 계속 누적될 때에는 의외로 무너지기가 쉽다. 평소 스트레칭, 요가나 명상과 같은 적극적인 이완습관을 통해 그때그때 쌓인 스트레스를 완화하고 나아가 저항력을 키우는 지혜가 필요하다.

축적된 스트레스는 질병으로 향하는 통로이다. 특히, 중년에게 스트레스는 최대의 적이다. 나 자신을 위해 조금만 관심을 갖고 매일 규칙적으로 이완과 해소의 노력을 하자. 모든 문제의 고리를 끊는 것은 거기서부터 시작된다.

담배 끊기가
애인 끊기보다 어려운 이유

어느 날 아침, 국제 전화를 받았다. 미국에 사는 매제다. 20년 이상 골초인 그가 "형님, 저 담배 안 피운 지 11일째예요"라며 팔이 아플 정도로 수다를 떤다. 얼마나 힘들면 이 친구가 30분이나 수다를 떨겠는가? 여동생이 전화하면 끝 무렵에 잠깐 끼어 안부를 묻던 친구가 직접 전화를 해왔으니 말이다.

"정말 장하네. 이제 자네도 가장으로서 위신이 서겠네."

"실패해도 좋네. 끊겠다는 노력이 중요한 거야."

"잠깐이라도 끊어본 사람은 언젠가는 성공하더라."

나는 잘하지 않던 칭찬을 쏟아부었다. 금연이 얼마나 힘들고 외로운지 경험해보지 않은 사람들은 모른다.

통신회사에 다니는 박 부장은 정말 담배 때문에 힘들다. 저녁식사와 함께 소주잔이 오가는 자리, 그가 담뱃갑을 만지작거리니 옆자리의 한 친구가 "나가서 피우고 오면 되잖아. 괜히 눈치 보지 말고" 한다. 아직 담배를 못 끊은 친구가 옆에서 투덜댄다.

"네 놈들은 옛날에 담배 안 물었냐? 너무 그러지 마라. 누군들 끊고 싶지 않은 줄 아느냐."

힘든 하루 일과를 끝내고 뒤풀이하는 동료들과의 술자리에서 담배도 편안하게 못 피우는 시대가 되었다. 이제는 담배를 피우는 사람보다 피우지 않는 사람이 더 많아졌다.

박 부장은 아침 회의가 끝나기 무섭게 빌딩 밖으로 나간다. 어색해하는 부하 직원과 함께 담배를 피운다. 나간 김에 두 대를 필 때면 그런 자신이 정말 한심하고 싫다. 집에서는 어떤가. 담배에 관한 한 아내는 물론 고3 아들, 대학 2학년인 딸 모두에게 남편, 아버지로서 체면이 말이 아니다. 다행히 자식들이 이제 사춘기를 지나고 조금은 아버지의 흡연 습관을 이해하는 것 같지만, 여전히 일 년에 한두 차례 금연한다고 큰소리를 쳤다가 결국 다시 피우곤 하는 아비를 어떻게 여길까 싶은 생각에 절로 고개를 흔든다.

지난 4년간 금연을 시도한 것이 벌써 다섯 번, 제일 길게 금연했던 기간은 5개월이었고 짧게는 2주였다. 다시 담배를 입에 물게 된 이유를 지금 돌이켜보면 사실 별 것 아닌 경우가 많았다. 그저 그 순간의 격한 감정을 삭인다고 딱 한 대만 피운다는 것이 재발로 이어졌다.

박 부장은 주변으로부터 일에는 다부지고 의지가 강하다는 말을 듣고 있지만 이상하게도 담배만큼은 자제하기가 참 힘들다. 그의 담배 역사는, 대학입시에 낙방한 후 일 년 동안의 재수생 시절부터 시작되었다. 종로의 재수학원은 낯설고 어색한 곳이었지만 고교 동창 다섯 명이 함께 같은 학원에서 공부하던 덕분에 그런대로 지낼 수 있었다. 쉬는 시간이나 수업이 끝난 후 함께 다방에서 담배를 피울 때면 잠시 재수생이란 열등감도 잊을 수 있었다. 첫 담배의 역겨움이나 기침은 시간이 지날수록 적응되었고, 음악을 들으며 깊이 들이쉬고 내뿜는 담배 연기를 보며 자신의 미래를 그려보곤 했다.

그리고 당시 담배를 배우는 것은 마치 성년의식과도 같았다. 담배를 배우지 못하면 요즘 말로 왕따 그 자체였다. 거의 대부분의 남성들이 담배를 피우던 시절이었다. 스스로 어른임을 확인하고, 남자들끼리 친교의 한 방편이 되기도 했다. 만나면 인사치레로 담배를 권유하던 시절이었다. 그렇게 시작한 것이 군대생활, 연애시절, 그리고 직장생활까지 이어졌다. 숱한 사연과 희로애락의 세월 속에 담배는 가장 가까운 친구가 되어 있었다. 그렇게 어느덧 25년이 넘었다.

그런데 이제 담배는 백해무익하고, 흡연자는 공공의 적이 되어 버렸다. 흡연의 피해도 개인적인 문제가 아닌 공동체의 문제가 되었다. 각 직장마다 흡연실을 따로 두던 것이 금연 빌딩으로 전환되면서 흡연실마저 폐쇄되었다. 비공식적 흡연 장소가 계단에서 옥상으로 옮겨졌으나 이제는 옥상 문도 잠겨 있다. 흡연자의 목소리는 비흡연자의 건강권에 밀려 들리지도 않게 되었다.

길거리 담배도 규제 대상이다. 공원이나 카페, 식당에서는 피울 수가 없다. 삼성에서는 흡연자의 경우 이사 승진을 포기해야 한다고 한다. 금연보조제가 매일 밤 광고로 나오고 담배로 인한 건강 피해의 의료정보가 넘쳐나는 것이 현실이다.

그러나 2011년도 남성의 흡연율을 보면 39퍼센트로 여전히 OECD 국가 중 상위 수준의 흡연율을 보이고 있다. 30대 남성은 51퍼센트, 40대는 42퍼센트가 흡연을 하고 있고, 50대 남성도 아직 3명 중 1명이 담배를 피운다. 아직도 많은 남성들이 눈치를 보면서 담배를 피우고 있는 셈이다.

새해가 되면 직장인의 가장 큰 희망사항 중 하나가 '올해는 금연의 해'라고 한다. 흡연자의 60퍼센트 이상은 당장이라도 금연을 하고픈 의사가 있다고 한다. 흡연자의 화두는 늘 금연이지만, 실제 박 부장의 경우처럼 이성적인 노력에도 끊기가 쉽지 않은 게 담배다. 오죽하면 옛말에 '담배 끊는 놈과는 상종을 하지 말라'는 속설이 있겠는

가. 그만큼 담배를 끊기 위해선 독한 의지가 필수적이란 의미이다.

담배를 끊기가 힘든 것은 담배에 포함된 니코틴의 내성이나 금단현상 이외에도 독특한 습관성 행동양식 때문이다. 이를 행동학에서는 물질 추구행동이라고 한다. 흡연 행동이 반복되고 강화되는 이유는 과거 담배로 인해 자신의 불안이 얼마나 감소되었는지, 어떤 일을 할 때 기능이 얼마나 도움이 되었는지 혹은 편안했는지 등 과거 경험 효과의 크기 때문이다. 이런 효과가 매우 컸던 사람은 적었던 사람에 비해 금연이 더 어렵다. 그간 술, 담배에 대해 관대했던 사회적 분위기, 유전적 요인, 그리고 동료 흡연자의 유혹이나 압력 등도 담배를 끊기 어렵게 한다. 단순한 의지의 차이가 아니라 금연이 그래도 쉬운 사람이 있고 너무 어려운 사람이 있는 것이다. 담배 끊기가 애인 끊기보다 어려운 사람이 확실히 있다.

분명 담배는 하루라도 빨리 끊는 것이 좋다. 금연을 시도했다가 실패했다고 스스로 실망할 일은 아니다. 가족들도 비난하거나 조롱하면 안 된다. 체질과 습관, 경험의 차이를 인정하고 격려해야 한다. 계속 금연 의지를 도와주어야 한다.

과거에 비해 금연보조제인 니코틴 패치나 니코틴 껌은 금단현상을 줄여주는 데 탁월한 효과가 있어 니코틴 욕구를 줄인다. 그러나 금연 시도를 할 때에는 금연보조제 이외에 자신이 위로받고 안정감을 유지할 수 있는 행동이 병행되어야 습관적 흡연 행동을 억제하기 쉽다.

마음의 여유가 있을 때 금연을 시도해야 한다. 일주일까지는 금연보조제가 큰 힘을 발휘하지만 그 후부터는 몸과 마음이 편해야 견딜 수 있다. 심신을 쉴 수 있는 편안한 여행을 가서 온천을 즐기거나 마사지 등을 받으며 금연 껌을 씹으면 한결 탈출하기 쉬워진다.

매제의 국제전화를 또 다시 받았다.

"형님, 이제 두 달째예요. 패치는 끊었고 껌은 씹어요."

"니코틴 껌을 항상 가지고 다녀, 나는 6개월까지 씹었어."

우리는 금연의 고충을 나눈다.

"형님, 껌 중독은 없어요?"

매제의 엄살에 농으로 받아준다.

"내 경험으로는 껌을 끊는 것은 껌이야."

걷는 보약,
걷기에 건투를 빈다

자식문제로 알게 된 박 사장의 이야기다. 이른 아침 아파트 입구에서 시동을 걸고 기다리는 회사 차, 엘리베이터를 나오기가 무섭게 차문을 열어주는 기사, 회사에 도착해서도 엘리베이터를 잡아놓고 기다리는 비서. 그 틈에서 박 사장은 조금 걷는 것조차도 쉽지 않다. 출퇴근은 물론 점심 때 가까운 식당에 갈 때도 차로 다닌다. 2, 3층만 되어도 엘리베이터를 탄다. 사실 웬만큼 의식적으로 걷지 않으면 하루 만 보는커녕 천 보를 걷기도 힘들다. 이렇게 자연의 섭리가 제약당하는 조건에서 성인병이 생기는 것은 당연하다.

그는 대학졸업 후 입사하여 평생 한 직장에서 근무했고, 지금은 8백여 명의 직원을 고용한 제조회사의 대표가 되었다. 책 한 권을 써도 모자랄 정도로 피땀 흘린 노력과 마음고생의 결실이다.

평소 건강 하나만은 자신이 있던 그는 사십 중반, 상무 시절부터 고혈압, 비만, 고지혈증 3관왕이 되었다. 매년 직장 정기검진에서 똑같은 결과가 나왔고, 처방은 혈압약과 체중감량을 위한 운동이었다. 그러나 일의 여건상 운동에 시간을 내기가 힘들었다. 헬스장을 등록했지만 흥미를 느끼지 못해 사우나 이용이 고작이었다.

부사장으로, 사장으로 진급하면서 지방간, 초기 당뇨까지 겹치며 5관왕이 되었다. 흔히 요즘 유행되는 대사성 증후군의 모든 증상이 다 나타난 것이다. 소문을 꺼려 회사에서 하는 검사는 피하고, 개인적으로 매년 종합검사를 받고 있지만 그 수치는 계급이 오를 때마다 조금씩 더 나빠졌다.

5년 전부터 그는 자신의 건강과 스트레스 해소를 위해 골프 연습장과 주말 골프를 열심히 다니기 시작했다. 해외출장을 제외하고는 주말 골프에 몰두했다. 그렇게 2년이 지나면서 그는 5관왕에서 서서히 벗어나기 시작했다. 체중은 4킬로그램이 줄었고 검사 수치 역시 거의 정상화가 되었다.

골프는 속성상 아주 예민하고 마음을 비워야 하는 운동의 하나이다. 그래서 더 매력을 느끼고 도전하게 된다. 힘 빼는 데 10년이 걸린다는 말이 있다. 그걸 머리로는 알지만 막상 경기에 들어가면 나도 모르게 스윙이 흔들린다. 마음이 급하고 흥분되어도, 혹은 너무 의욕이나 집중력이 없어도 정확도가 떨어진다. 모든 운동이 적절한 긴장을 유지할 때 가장 좋은 플레이를 할 수 있지만 골프는 특히 매 스윙마다 이를 알아차리게 해주며, 자신이 스스로 그것을 몸으로 느낄 수 있는 운동이다. 매 홀(hole)마다 반복 경험을 하게 되니 한 경기에 18번의 기회를 갖는 셈이다. 새로운 홀을 들어설 때마다 새로운 도전과 의욕을 자극한다. 자신이 온전히 깨어 있는 상태에서 자신의 몸과 마음을 점검하고 느끼는 일종의 동적 명상과도 같다.

바람, 소음 등 모든 변수를 받아들이고, 자신을 믿고 힘을 빼고 공을 쳐야 제대로 거리가 난다. 지난 홀의 실수를 잊어버리고 평상심을 유지해야 그날의 경기 점수가 좋아진다. 이것이 오늘날 직장인에게 필요한 생존법의 이치와 같기에 중년들이 골프에 열광하는 것인지도 모르겠다.

박 사장은 골프를 치는 동안 되도록 걷기 위해 카트를 타지 않는다. 걷기를 즐긴다. 일주일 내내 사무실 공간에서 치고받으며 생활하는 그에게 자연 속 잔디 위를 걷는 것은 더할 나위없는 위로와 보상이 된다. 또한 18홀을 돌면서 매 홀마다 도전정신, 함께 운동하는 파트너를 배려하는 기쁨, 그리고 그들과 적당한 경쟁을 즐기는 것은 기업인의 의욕을 자극하는 청량제이기에 어느 것보다 최우선 순위를 두고 투자하는 개인적인 운동이 되었다.

그는 운동을 마친 뒤 간단한 생맥주 한 잔으로 그날의 골프를 정리한다. 부담스런 내기를 하거나 "사는 재미가 이건데" 하며 식탐과 폭탄주로 마무리하는 일은 결코 없다. 골프를 시작한 후 일의 여유가 생겼고 긍정적인 사고로 바뀌었다고 한다. 허리가 줄고 얼굴 피부도 좋아졌다고 자랑이다. 골프를 통해 걷기와 함께 내적 통제 수련을 위한 명상을 할 수 있게 되었고 그 덕분에 일주일의 스트레스를 관리하면서 건강이 회복된 셈이다.

운동을 날 잡아서 멋진 운동복과 운동화를 신고 하는 것으로 생각하면 착각이다. 생활화가 되어야 한다. 요즘 같은 '피로사회'에서는 저마다의 건강한 생존을 위해서라도 운동은 선택이 아니고 필수이다. 늘 바쁜 일정과 긴장 속에서 생활하는 직장인들에게도 이제 운동은 습관이 되어야 한다.

운동은 음식과 같이 몸에 이로우면서 즐거움을 준다. 운동을 통해 우리는 긴장을 해소하고, 또 필요한 에너지를 축적할 수 있다. 그리고 무엇보다 운동으로 자신의 인생을 적극적으로 통제할 수 있다는 자신감을 갖게 해주는 점을 나는 높이 산다. 그런 자신감은 자신이나 타인에 대한 애정을 갖도록 해주기 때문에 지치기 쉬운 중년 남성들은 일과 똑같이 운동을 챙겨야 한다.

운동의 중요성을 잘 알면서도 흔히 사람들은 "나는 운동체질이 아니다" "운동은 필요하지만 여건이 허락하지 않는다" "운동장비나 운동화가 비싸다" "시간이 없다" 등등 많은 핑계를 댄다. 그렇다면 무슨 운동을 어떻게 시작해야 할까? 어떡하면 즐기며 오래 지속할 수 있을까? 좋은 습관을 만들 수 있을까?

막상 어떤 운동을 시작하면 갈등이 생기게 마련이다. 테니스, 배드민턴, 골프, 축구와 같이 기술을 요하는 스포츠는 숙달되면 매력을 느낄 수 있지만 룰을 익히는 데 어느 정도 투자가 필요하다. 더욱이 한 번 하는 데에도 특별한 시간과 노력을 들여야 하기 때문에 규칙적으로 하기가 어렵다. 특히 테니스같이 경쟁력이 필요한 운동은 빡빡한 생활에 오히려 스트레스를 가중시키는 결과를 낳을 수도 있다.

그래서 대개 선호하는 운동이 경쟁심을 유발하지 않는 운동, 예를 들면 수영, 사이클, 달리기, 에어로빅 등이다. 하지만 이것 역시 자꾸 걸리는 게 많을 수 있다. 딱 알맞는 운동을 결정하기 곤란할 때에는 역시 걷기가 가장 좋다. 투자하는 비용에 비해 효과가 매우 크다. 골프처럼 긴 시간과 경제적 부담도 없다. 각자의 체력조건에 맞춰 부담없이 시작할 수 있고, 일단 시작하기만 하면 통계상 다른 종목에 비해 중도 포기할 확률도 적다.

그러나 아무리 걷기가 쉽다고 해도 체계적으로 해야 한다. 운동으로서의 충분한 효과를 거두기 위해서는 하루 45분에서 60분, 최소한 일주일에 세 번 이상은 규칙적으로 걸어야 한다. 나의 경우, 매일 한 시간씩 걷는 습관을 들인 지 오래된다. 걷는 즐거움을 알게 되면 자연히 가까운 공원길이나 둘레길을 찾게 되어 걷기명상을 절로 체험하게 된다.

우리는 가끔 TV나 영화에서 아프리카 초원지대의 동물을 볼 수 있다. 화면에 비쳐지는 모든 척추동물들, 특히 얼룩말, 기린, 사슴 같은 초식동물들은 먹거나 자지 않을 때에는 그냥 걷거나 떼 지어 뛰어다닌다. 이처럼 조물주가 만든 동물 세계, 특히 사람을 포함한 척추동물들은 움직여야 살도록 만들어졌다. 움직여야 몸의 신진대사를 돕고 삶의 활력소를 얻을 수 있도록 프로그래밍 되어 있다.

그러므로 우리는 걷고 뛰고 움직여야 한다. 유산소 운동이 그래서 가장 효율적이라는 것이다. 걷기는 최소의 투자에 최대효과를 내는 최고의 운동이다. 우울이나 불안을 해소해주는 부차적인 효과도 있다. 최근 우울증의 인지행동치료에서도 규칙적인 운동을 매우 중요하게 여겨 권유하는 이유이다.

핑계대지 말고 어느 시간이든 이용해서 걸으면 된다. 시간에 쫓기는 직장인은 아침 20~30분간만이라도 집 주위나 가까운 학교 운동장을 걸어라. 뛰면 더 좋다. 점심식사 후 회사 주변을 20~30분간 산책해도 좋고, 퇴근할 때 지하철 한두 구간을 앞서 내린 다음 걸어서 집에 가는 습관을 들여도 좋다. 5층까지는 건강을 위해 계단을 오르내리는 등 마음만 먹으면 틈새시간을 확보해서 얼마든지 '걷는 보약'을 날마다 맛볼 수 있다.

닉네임이 재미있는 '코털' 조 사장은 여간해서 승용차를 타지 않는다. 틈만 나면 걷는다. 점심 약속은 걸어서 30분 내외 근처까지 식사 장소를 넓혀놓았다. 왕복으로 길게는 한 시간을 걷기 위해서다. 그의 일정은 아침 일곱 시에서 저녁 일곱 시까지 거의 빈틈이 없다. 저녁 약속이 없는 날이라도 집에서 저녁식사 후 지친 몸으로 헬스장에 가는 것은 여간 힘들지 않다. 자신의 라이프스타일과 직장 주변의 환경을 가만히 묵상해보면 '걷는 1시간'을 확보하는 지혜는 어렵잖게 끌어낼 수 있을 것이다. 이왕이면 즐겁게 걸을 수 있는 곳을 택해 즐거운 습관을 만들어보자. 걷기는 항상 보약 이상임을 명심하자. 자신의 건강을 돌보는 것이 자기 사랑의 첫 걸음이다.

스티브 잡스는 비즈니스 파트너와 산책하는 것을 즐겼다고 한다. 우리 문화와 다르지만 눈여겨볼 만한 대목이다. 함께 걸으면서 이야기를 나누다 보면 자신은 물론 상대도 편안함과 친근감을 갖게 된다. 답답한 실내를 벗어나 걸으면서 느끼는 몸의 이완감은 창의적인 대화로 이어진다.

걷는 대화를 즐겨보자. 부족한 시간에 운동의 효과를 얻을 뿐 아니라 기분 좋은 대화는 비즈니스에도 도움이 된다. 좋은 기분은 대화의 어려움을 긍정적으로 받아들이게 하는 이점도 있다.

프랑스의 계몽주의 사상가인 루소도 자신의 생각은 다리의 작동과 함께 시작한다며 '걷는 사색'을 즐겼다. 회사가 광화문 인근에 있다면 캔 커피 하나씩 들고, 조용하고도 격 있는 덕수궁이나 경복궁 경내를 산책하며 비즈니스 대화를 시도해보라. 결과가 답답한 회의실이나 시끄러운 카페 이상임을 피부로 느낄 것이다. 걷기에 건투를 빈다.

왜 월요병에
시달리는가

직장인들에게 가장 힘든 요일을 꼽으라 하면 단연 월요일을 지목한
다. 일요일 오후부터 짜증이 난다.

"아, 벌써 내일이 월요일이야. 주말에 쉰 것 같지도 않은데!"

벌써 다음주에 대한 부담과 긴장이 오는 것이다. 많은 직장인들
이 이처럼 월요병에 시달린다. 월요일이면 머리가 무겁고 집중이 안
되며, 주말 피로가 해소되지 않아 나른해지고 전신이 쑤시는 근육통
을 호소한다. 어떤 사람은 가슴이 답답하고 두근거림을 경험하거나,
우울함을 호소하기도 한다. 개인차가 있지만 다양하고도 막연한 신
체적, 정서적 증상을 나타내곤 한다. 그러다 월요일이 지나면서 서서

히 나아지고 목요일이나 금요일이 되면 말끔해진다. 이런 월요병은 스트레스성 증후군이다. 정도의 차이는 있지만 직장 스트레스를 받는 누구에게나 있는 증후군이다. 주5일 근무제가 되었으나 직장인에게 월요일은 더 힘들어졌다.

내가 만난 오 전무의 이야기다. 오 전무는 지난 15년간 서울의 한 직장에서 근무해왔다. 성실하다는 인정과 함께 남보다 다소 빠른 승진도 했다. 지난해 연말 인사에서 상무에서 전무로 승진하면서 지방건설공사 프로젝트 총괄책임자로 발령이 났다. 토목기술직으로 입사했지만 한 번도 현장 근무 경험이 없었던 그로서는 신임 사장의 인사에 내심 섭섭했다.

그러나 이번에 승진인사에 포함되었고, 회사의 중요한 사업 프로젝트를 잘 해보겠다는 욕심으로 스스로 합리화하며 반가운 표정으로 받아들였다. 평일은 회사 숙소에서 지내고 금요일 저녁에 올라오는 전형적인 주말 부부가 되었다.

그는 새로운 업무에 적응하기 위해 열심히 뛰었다. 아침 일곱 시경 출근을 하면 보통 저녁 아홉 시에서 열 시경에 숙소로 돌아왔다. 현장을 직접 뛰어다니며, 이 사람 저 사람 만나느라 거의 초주검이 되다시피 지친 몸으로 숙소로 돌아왔다. 그러던 그가 최근 불면증이란 이해할 수 없는 증상으로 괴로워했고 진료실을 찾아왔다.

특별히 일요일 저녁이면 더욱 더 잠을 못 이루고, 떵한 머리로 다음날 출근을 하니 영락없이 '월요병'에 시달리는 것이다. 저녁 퇴근 후에 스트레스 해소를 위해 술을 한잔씩 하고 잠자리에 들지만 새벽 두세 시면 깨어나니 여간 고통스러운 게 아니었다.

새로운 작업환경이란 급격한 변화는 스트레스가 되고 있었다. 과거보다 긴장의 강도나 시간이 연장되면서 낮 생활의 과도한 각성이 저녁의 적절한 수면을 방해했다. 술은 잠을 청하는 데는 도움이 되지만 실제 수면의 질을 떨어뜨렸다.

주말에는 서울로 올라와 가족과 지내고 일요일 오후면 지방으로 내려가는 일정도 수면 사이클을 어렵게 했다. 서울에서의 토요일은 그 주일의 피로를 해소한다는 명분으로 늦잠을 자거나 낮잠을 잔다. 주로 먹기만 하고 TV 앞에서만 시간을 보내다보니 일요일 밤엔 오히려 낮 생활의 긴장이 너무 적어 수면유도를 방해받는 것이었다.

불규칙한 생활습관을 버리고 잠자리에 들기 전에 술에 의존하지 말아야 한다. 가벼운 목욕이나 샤워, 명상이나 스트레칭, 쾌적한 침실환경은 수면장애를 극복하는 데 도움이 된다. 되도록 밤 열한 시 이전에는 잠자리에 들어가야 깊은 수면 사이클로 이어져 다음날 몸이 개운해진다.

나도 한 때 월요병을 경험했다. 일요일 저녁부터 우울해진다. 주

5일제가 되고나서는 더욱 사이클이 뚜렷해졌다. 무겁고 답답한 기분은 수요일쯤 되면 가벼워진다. 금요일 아침에는 출근길 발걸음이 절로 가벼워진다. 그래서 월요일을 어떻게 잘 지내는가가 늘 숙제다.

월요병 극복은 주말의 생리적 리듬을 어떻게 잘 유지하는가가 중요하다. 주말 아침 역시 평일과 같은 시간에 일어나야 한다. 나는 토요일 오전은 휴식과 가벼운 운동으로 보냈다. 오후에는 아내의 주말쇼핑을 돕거나 영화관을 찾았다. 그러나 일요일은 아침에 가벼운 차림으로 연구실로 나가 다음 주에 필요한 자료정리나 강의 준비 등으로 두세 시간을 보낸다. 한적한 연구실에서 편안한 음악을 배경으로 내린 커피를 마시며, 예정된 일과를 미리 점검하고 처리한다. 오전 일을 마치고 돌아오는 차 안에서 느껴지는 보상감도 꽤 괜찮았다. 그러고도 남은 오후 시간은 내게 충분한 휴식의 기회를 주었다.

이렇게 뇌와 몸의 긴장을 풀며, 기분 좋은 월요일을 위해 워밍업을 하는 것이다. 또한 업무 부담을 미리 정리해 줄여나간다. 몸과 뇌를 무조건 무장해제시키지 말고 적절한 자극과 즐거움을 갖도록 하는 지혜가 필요하다. 되도록 일요일 저녁은 일찍 잠자리에 들어 밤 동안 뇌가 충분히 휴식을 취하도록 하자. 또한 일의 부담과 생체리듬을 고려해 월요일은 아주 특별한 경우가 아니면 조찬회의나 저녁 회식을 잡지 않는다.

월요병은 병이 아니다. 일의 완급이 조절되지 않을 때, 긴장과 완화의 리듬이 격변할 때 생기는 일종의 경고음이다. 문제는 이것이 일의 능률을 떨어뜨리고 감정을 부정적으로 만든다는 데 있다. 의욕 있고 창의적인 직장인들은 월요병이라는 것을 모른다. 수동적이고 남 탓을 일삼으며 피해의식에 젖어있는 직장인들은 월요병이라 자위하며 합리화한다.

동생의 우울증으로 알게 된 그룹 오너 회장님께 물었다.

"회장님도 월요병이 있습니까? 월요일이면 짜증나고 살맛이 없고, 그런 느낌이요. 꼭 일찍 출근하지 않아도 되고 사무실에 나가더라도 차 마시고 가벼운 결제나 하실 텐데요."

궁금해하는 나에게 노련한 노회장님은 "다 물려주고 뒤로 물러나 있어도 습관이 몸에 배어 그런지 아직도 월요일이 제일 싫어요"라고 답한다.

이래서 현명한 직장인이라면 개인적으로 중요한 부탁이나 까다로운 사안의 결제는 되도록 월요일 날 들고 들어가지 않아야 한다. 금요일 아침을 노리는 것이 좋은 이유다.

사실 월요병은 직장인에게만 나타나는 특별한 증후군이 아니다. 가정주부나 어린 학생에게도 나타난다. 그러니 어찌보면 월요병은 주말 동안 몸의 긴장과 이완의 리듬이 심하게 손상 받을 때, 게으른 직장인에게 나타나는 꾀병이기도 한 셈이다.

ⓒ이홍식

—

모두가 세상에 태어날 때는 누군가의 손에 잡혀서 나온다. 그리고 축복을 받는다. 그러나 세상을 떠날 때는 누구나 잡고 있던 손을 놓고 아쉬운 작별을 한다. 결국, 끝내, 혼자 가야 한다. 그게 세상사다. 홀로서기를 두려워 말자. 여태껏 직장에 모든 것을 걸고, 삶의 중심에 일이 있었다면 이제부터는 사회적 가면을 벗고 자연인으로 당당히 홀로 서자. 후반생을 살아가는 힘은 거기에서 나온다. 우리, 심리적 홀로서기에 성공하는 삶을 살자.

일에 쫓고 쫓기는
고리를 끊어버리자

누구나 즐겁고 기분 좋게 일을 하고 싶어 한다. 그런데 왜 많은 사람들이 즐겁게 일하지 못할까? 직장에서 피곤해지는 것은 업무량 자체가 많았을 때보다는 기분 좋게 일을 하지 못했을 때가 더 심해진다.

김 과장은 거듭되는 아내의 재촉 끝에 "7시 40분이에요! 지각해도 난 몰라요!"라는 마지막 경고를 듣고 나서야 후다닥 일어난다. 눈을 뜨자마자 우유 한 잔으로 아침을 때우고 전철역으로 달려나간다. 회사에 들어서니 9시 15분. 벌써 사무실은 바쁘게 돌아가고 있다. 자리에 털썩 앉아 '커피나 한잔 마실까' 하고 생각하는 순간, "김 과장, 지난주에 지시한 대리점별 영업실적표 다 되었습니까?" 하고 묻는 소리가 들린다. 김 과장은 '아차!' 싶다. 지시는 받았지만 다음 날에도 아무 말이 없기에 급하지 않은 안건이려니 생각하고 미루어놓았던 것이다. 결국 "내일까지 다 해서 올리겠습니다"라고 대답하는 수밖에 없다. 아무 말이 없는 부장의 태도에 오히려 식은땀이 난다. 서류를 작성하려고 자료를 찾으니 분명 서랍에 넣어둔 것 같은데 어디로 갔는지 보이지 않는다. 캐비닛까지 온통 뒤진 다음에야 김 과장은 다른 부서에 근무하는 입사동기에게 빌려준 생각이 난다. 행여 부장이 눈치챌까 봐 얼른 직접 찾아 가지고 온다.

그러다보니 10시 반. 벌써 회의시간이다. 부장이 재촉한 일을 처리하느라 회의 안건에 대한 생각을 정리하지 못해 회의 시간이 내내 살얼음판 같다. 어제 저녁, 스트레스를 푼다고 부서 사람들과 2차, 3차까지 술자리를 가진데다 아침식사도 거른 탓인지 위장에 찌르르 통증이 온다.

말 한 마디 못했지만 지적받지 않은 것만도 다행이라 생각하고 다시 서류작성에 열중한다. 겨우 정신 차리고 일을 좀 하려고 하니 전화벨이 울린다. 고교 동창이 동창 모임에 꼭 와 달라고 당부하는 전화다. 밀린 회사 일을 생각하며 "선약이 있는데……" 하고 운을 떼보지만, "대기업에서 잘나간다고 이제 동창도 안 만나려는 거냐?"는 한마디에 더 이상 빼지도 못하고 내키지 않는 약속을 하고 만다.

짜증이 난 그는 건물 뒷문으로 나가 담배를 피워 문다. 하루하루 무엇엔가 질질 끌려다니는 것 같아 한숨이 나온다. 앞자리의 쌩쌩한 신입사원을 보면서 부럽기도 하고 두렵기도 하다.

　김 과장의 일과는 주변에서 흔히 보는 평범한 직장인의 모습이다. 그의 하루는 결코 즐겁지 않다. '일에 끌려다니는 태도'를 버리지 않는 한 즐겁게 일한다는 것은 거의 불가능하다. 기분 좋게 일을 하려면 자신의 스케줄을 자신이 관리하고 조절할 수 있어야 한다. 아침마다 하루의 업무 스케줄을 확인하고 준비할 짧은 여유만 가져도 회의시간을 그렇게 괴롭게 보내지 않아도 될 텐데 안타깝다.

　여유를 가지려면 업무시작 시간보다 조금 일찍 출근해서 하루 일과를 설계하고 준비하는 지혜가 필요하다. 그러나 김 과장의 경우는 자신의 하루를 설계할 시간의 중요함을 알면서도 매번 허둥댄다. 또 그는 자신의 업무수행에 부담이 될 것이 뻔한 일상적인 약속을 과감하게 거절하지 못한다. 그가 자신의 스케줄을 조절할 줄 아는 사람이라면 거절해야 할 때는 단호히 거절할 수 있어야 한다.

　효율적으로 업무를 수행하려면 무엇보다 아침 일찍 하루를 설계하는 시간과, 돌이켜 반성하고 내일 할 일을 정리하는 자신의 시간을 확보해야 한다. 매일 바쁘게 쫓기는 생활 속에서 그럴 틈이 어디 있느냐고 반문할지도 모른다. 그러나 무엇에 쫓겨 허둥대고 있는가. 결국 일, 일이다.

　스마트한 직장인은 꼭 해야 할 일이나 약속을 두고 '언제 하지?

내일? 모레?' 하며 미루지 않는다. 계획적인 시간과 정보관리를 통해 주체적으로 자기업무와 생활의 완급을 조정해야 결국엔 승리자가 된다.

일에 쫓고 쫓기는 고리를 끊는 매서운 자기관리가 필요하다. 시간 관리는 일 스트레스를 예방하는 데 매우 중요한 핵심 키워드다. 일들은 계속 쌓이게 마련이다. 가을 낙엽처럼 그때그때 치우지 않으면 차곡차곡 쌓인다. 다소 피곤하더라도 그날 해야 할 일은 그날로 끝내자. 뒤로 미뤄 놓으면 결국 부담이 되고 화근이 된다. '바로바로 처리하는 실행력'이야말로 스트레스 예방의 ABC이다.

옛 현자들은 "어리석은 사람은 시간을 낭비하는 데 머리를 쓰고, 지혜로운 사람은 시간을 의미 있게 쓰는 데 머리를 쓴다"고 했다. 내게 주어진 시간을 어떻게 쓰고 있는지, 내게 주어진 시간을 얼마나 소모했는지, 내게 주어진 시간이 얼마나 남아 있는지를 한번 진지하게 되돌아보자. 우리는 돈과 물건은 아까워하면서 시간을 아까워할 줄 모른다. 시간이란 우리에게 남은 생명의 한 순간순간이지 않겠는가. 누구에게나 시간은 똑같이 주어진다. 그 시간을 의미와 생명으로 건져 올릴지, 헛되게 흘려보낼지, 선택은 오로지 우리 자신의 몫이다.

심리적 홀로서기에
성공하는 삶을 살자

김 대리는 주위로부터 이른바 능력 있고 잘 나가는 사람으로 인정받고 있다. 그런데 부장이 바뀐 이후 직장생활의 재미가 없어졌다. 이전의 부장은 자신을 인정해주고 업무와 관련해 매사를 상의했기에 늘 자긍심이 컸다.

힘든 야근도 그렇게 어렵다고 느끼지 못했다. 그러나 새로운 부장은 여러모로 달랐다. 그가 부임한 이후 두 명의 직원이 교체됐다. 업무 지시 이외에는 가벼운 눈맞춤이나 개인적인 만남도 없었다. 드문 회식자리에서도 새로운 직원들이 옆자리를 차지하고 있었다.

최근 일 문제로 몇 차례 지적을 당하자, 점차 불안해지고 소외되는 느낌을 지울 수가 없었다. 점차 일의 의욕도 떨어지고 우울해졌으며, 급기야 가슴 조임과 불안이 심해져 외래를 찾아왔다.

그는 지금의 상사에게 자신의 의견이나 소신을 이야기하기가 두려워진 것이다. 어느새 넘치던 자신감이 사라지고 주위의 눈치를 살피는 처지가 되고 보니 직장은 긴장과 압박감만 느끼는 곳이 되어 버렸다.

김 대리는 평소 남이 자기를 인정하지 않으면 큰일이 나는 것으로 생각하는 사람이다. 부모나 친구는 물론 직장상사나 동료들로부터 인정을 못 받으면 뭔가 자기에게 잘못이 있다고 생각을 하는 것이다. 그래서 매사에 다른 사람들이 무엇을 좋아하고, 무엇을 원하는지에만 관심을 두고 생활한다. 그리고 그 결과에 따라 스스로의 행동 방향을 결정한다. 그래야만 상대가 인정하고 좋아하는 존재가 되기 때문이다. 즉 인정받기를 갈구하는 일종의 '인정 중독자'인 셈이다.

이런 성향의 사람들은 남의 인정을 받는 것이 유일한 자기의 긍정적 평가 기준이 된다. 그러므로 남의 비판에 극도로 예민하고 두려워한다. 직장 상사나 동료들로부터 거절당해 혼자되는 것을 두려워하기 때문이다. 혼자가 되는 상황과 외롭다는 감정이 동일시되어 상대의 관심과 사랑이 없으면 우울해지고 주체의식마저 상실하게 되어 더욱 독립되는 것에 공포를 갖게 된다. 상대의 작은 비판에도 자존심 손상을 크게 받는다. 그리고 남의 지적이나 비판을 옳은 것으로 받아들이려 하지 않는다. 그러므로 인정을 받으면 의욕이 생기고 살

보람을 느끼나 비판이나 거절을 당하면 반대로 우울과 소외감에 빠진다.

　이런 현상의 가장 기본적인 뿌리는 자신의 생존을 위해 앞으로 닥쳐올 공포와 불안을 피하려는 원시적인 심리적 방어에 닿아 있다. 그러므로 이런 함정에서 빠져나오기 위해서는 적극적으로 홀로서기를 해야 한다. 그렇게 되기를 간절히 원해야 한다. 스스로의 노력 없이는 아무런 진전도 없다.

　남으로부터의 인정이나 애정은 바람직한 것이지만, 그것이 생존에 필요한 공기와 같이 필수적인 조건은 아니다. 인간에게는 본래 의존하고 사랑받으려는 욕구가 있다. 그러나 성장하면서 교육을 통해 스스로 독립하는 과정을 거쳐 성숙해진다. 점차 홀로서기에 익숙해지는 것이다. 사랑하는 사람이 곁에 없어도 행복할 수 있다. 모든 사람이 부모나 사랑하는 아내를 잃어도 불행에 빠져 살지만은 않는다. 인정과 애정에 대한 기대와 태도가 바뀌어야 독립할 용기가 생긴다.

　혼자 있는 시간도 얼마든지 의미 있고 창의적인 활동으로 채울 수 있다. 독서, 여행, 나홀로 산행, 마라톤, 그림 그리기, 요리, 뜨개질 등과 같이 창의적인 활동이 자신과 관계를 형성할 때 고독이 두렵지 않게 된다. 그런 시도와 노력을 통해 점차 홀로서기의 자신감을 갖게 된다면 의존에서 벗어나 홀로서기를 위한 첫 단계가 될 수 있다.

자신의 진짜 얼굴을 바라보자. 맨얼굴의 그 모습을 인정하고 사랑해야 자존과 자립의 답이 나온다. 누가 인정해주고 사랑하지 않아도 우리는 스스로 인정받고 사랑받을 자격이 있다. 이것이 참된 자기 사랑이고 홀로서기다. 세상과 사람에 대한 두려움이 가시고 용기가 생기는 출발점이 된다.

모두가 세상에 때어날 때는 누군가의 손에 잡혀서 나온다. 그리고 축복을 받는다. 그러나 세상을 떠날 때는 누구나 잡고 있던 손을 놓고 아쉬운 작별을 한다.

결국, 끝내, 혼자 가야 한다. 그게 세상사다. 홀로서기를 두려워 말자. 여태껏 직장에 모든 것을 걸고, 삶의 중심에 직장 일이 있었다면 이제부터는 훌훌 벗어버리자. 벗어나자. 사회적 가면을 벗고 자연인으로 당당히 홀로 서자. 후반생을 살아가는 힘은 거기에서 나온다. 심리적 홀로서기에 성공하는 삶을 살자고 나는 말하고 싶다.

PART 3

이 삶이 다하도록 사랑해야 산다

무거웠던 짐들을 내려놓고

홀가분함을 느낀다

다시 희망이 솟구친다

나는 끝까지 거북이처럼

앞을 보며 갈 것이다

마음속 쓰레기통
비우는 날

이 일 저 일로 하루 종일 바빴던 날 퇴근 무렵, 왠지 기분이 좋지 않았다. 그 기분으로 집에 들어가면 좋을 것 같지 않아 하루의 피로를 풀 겸 헬스장으로 향했다.

늘 해오던 일이었지만 어떤 때는 감정통제가 안 될 때가 있다. 골치 아프고 책임질 일들은 다 내게 내민다. 좋은 일들은 자기네들이 챙기거나 생색을 낸다. 이미 오랫동안 해온 익숙한 미팅이고 결제이지만 어떤 날은 무척 힘들어진다. 나도 모르게 얼굴이 찌푸려지고 목소리도 가라앉는다. 세상사가 그렇다는 것쯤 알 정도의 나이가 되었고 내공도 쌓였지만 감정적으로 따라가지 못하는 날이 있다.

그런 기분을 갖고 집으로 들어갔다가 아내와 부딪힌 적이 한두 번이 아니다. 아내는 내 비서가 아닌데, 밖에서의 내 기분을 미리 알아차리고 대처해줄 리 만무하지 않은가. 그런데도 아내에게 괜한 짜증이 나와버린다. 밥상에서 반찬이 입에 맞지 않거나 아이들 문제를 꺼내면 자연히 언짢은 소리를 내고야 만다. 착 가라앉은 기분에 작은 성냥불이라도 갖다댄 듯이 감정이 그냥 폭발하는 것이다.

그런 상황을 피하려고 퇴근길에 헬스장을 찾는데, 심신이 피곤할 때는 운동도 잘 되지 않는다. 하는 둥 마는 둥 하고 뜨거운 사우나탕을 찾는다. 목욕을 마치면 기분은 그래도 한결 나아진다. 시장기가 돌면 음식 투정도 덜 하게 되고, 반주를 걸치면 식욕도 나아진다. 기분이 다소 풀리는 것을 느끼며 TV를 볼라치면 초저녁 졸음이 온다. 잠자리에 일찍 들어가니 새벽 두세 시경이면 잠이 깬다.

목사나 스님이 아니니 이 시간에 할 일이 없다. 좀더 자려고 애를 쓰다가 생각에 빠지고, 그러다보면 머리는 반성 모드로 바뀐다. 그런데 스스로에게 객관적으로 설명되거나 합리화되지 않는 일들이 떠오르면 또다시 답답해지고 마음이 혼란스러워진다.

여기에 후회, 분노, 섭섭함, 죄의식, 미움과 같은 감정이 뒤따라오게 되면, 그리고 그런 날이 반복되면 나는 안다. 이제 스스로 해결하기 어려울 정도로 마음속 쓰레기통에 쓰레기가 꽉 찼다는 것을. 비우고 버릴 때가 된 것이다. 그럴 때면, 시의적절한 멘토를 찾아 나서야 한다. 멘토가 꼭 사람이어야 할 필요는 없다.

토요일 새벽 6시, 스님이 괴나리봇짐을 싸서 훌쩍 떠나듯 가벼운 배낭을 메고 집을 나선다. 죽어도 함께 죽고, 살아도 함께 살아야 할 영원한 해병 전우 같은 아내를 깨운다. 투덜대는 아내를 앞세우고 찬 새벽 공기를 가르며 나선다. 아내의 체력단련을 위해, 나는 정신 수양을 위해 그렇게 주말여행을 떠난다.

뻥 뚫린 고속도로는 세 시간 반이면 지리산 둘레길 초입인 전라남도 인월에 데려다준다. 먹을거리와 음료수를 준비하고 커피 한 잔을 하더라도 오전 10시 반이면 둘레길을 걷기 시작할 수 있다.

이른 기상과 운전의 피로를 감안해 9.4킬로미터 거리인 인월~운봉 구간을 선택해 걸었다. 3월 초, 다소 서늘한 기온과 맑은 공기는 몸과 마음을 신선하게 자극해주기에 손색이 없었다. 초반 오르막을 제외하고는 대체로 길이 넓고 걷기 편한 평지로 되어 있다. 특히 만수천 지류의 뚝방 길은 물소리를 들으며 명상하기 좋은 길이다. 편안한 속도로 한 시간 남짓 걷다보면 어느덧 몸과 마음은 가벼워진다. 서울 근교 산행에서 느낄 수 없는 오롯한 걷기 즐거움이 있다.

아내와 서로 말없이 각자 무념의 상태가 되어 곧게 뻗은 시골길을 걷는다. 어머니 품 같은 지리산 서북능선과 백두대간을 감상하노라면 눈 맛이 근사하다. 규칙적인 들숨, 날숨에 맞춰 걷는다. 안내 지도의 네 시간 거리는 세 시간이면 족하지만 느긋이 즐기며 걷는다. 운봉읍 버스정거장 앞 기사식당에서 5천 원짜리 백반으로 늦은 점심을 한다. 반찬만 열 가지가 넘는 정겨운 남도 밥상과 주인아주머니의 구수한 사투리는 나그네에게 황송하다. 커피까지 공짜다.

시골버스를 타고 잠시 바깥 풍경을 감상하다 보면 다시 인월읍으로 돌아온다. 아직 오후 세 시다. 다시 차를 몰아 경남 하동 쌍계사 입구로 갔다. 하루 머물 곳은 온천이 있는 모텔로 정했다. 성수기가 아니어서 목욕료까지 포함해 하루 저녁에 4만 원이었다. 뜨끈한 물로 온천욕까지 마치니 어느덧 피로가 가시고 몸에도 봄기운이 도는 듯했다. 마음속 쓰레기통의 쓰레기들이 조금씩 비워지면서 홀가분함을 느낀다.

저녁 식사 전 쌍계사 절을 찾았다. 명상하기에 더없이 좋은 장소다. 신라 흥덕왕 때 중국 당나라에서 차나무 종자를 가져와 처음 심으면서 우리나라 차 재배가 시작되었다는 곳이다. 다(茶), 음(音)과 함께 선(禪)의 성지라는 삼신산 쌍계사의 대웅전을 향하는 돌계단은 세 개의 문을 통하면서 속세의 때를 벗겨낸다고 한다. 그 안내문을 읽고 계단을 오르니 나도 모르게 몸과 마음에 남은 찌꺼기가 절로 씻겨 내리는 듯했다.

저녁 예불시간이 되자 스님 두 분이 큰 북을 친다. 나직이 스며드는 북소리는 혼란한 나의 마음을 일순간 다스리는 죽비소리였다.

비겁하게 숨어 있는 내 안의 나를 깨우는 소리였다. 10여 분 소리의 울림을 따라가니 체면이란 두꺼운 가면을 쓴 내 모습이 보인다. 작은 지적에도 화를 내고 어떤 조언도 쉽게 받아들이지 못하는 옹졸한 내가 보인다. 어리석은 가면은 마지막 0.1밀리미터까지 다 벗어던지고 싶어 초저녁 봄 내음을 한껏 들이쉬고 내쉬었다. 그리고 절에서 내려왔다.

내려오는 길에 '신사와 빈대떡'이라는 간판이 보였다. 예민한 마음도 달랠 겸 한잔 하자는 생각에 그 술집에 들어섰다. 그런데 손님이 한 명도 없는 그냥 밥집이었다. 과거에는 술집이었지만 장사가 안 돼 밥집 메뉴로 바꾼 모양이었다. 간판은 바꿀 형편이 안 되어 그대로 두었다고 한다. 애교 있는 경상도 사투리를 쓰는 중년 여주인의 선한 눈빛을 보고 나니 그냥 나올 수 없어 재첩국 백반을 주문했다.

'한잔 할 만한 게 없느냐'고 아쉬운 마음을 내비치니 직접 담근 버찌 술을 내왔다. 안주로 감자전까지 부쳐 오니 훌륭한 술상이 되었다. 그곳이 아니면 맛볼 수 없는 진한 재첩국물 맛은 속을 시원하게 훑어내렸다. 아내와 주고받는 사이에 2홉 짜리 한 병을 쉽게 끝냈다. 알찬 하루를 보낸 데다 밥집 아주머니의 인정까지 더해지니 푸근하고 흡족한 기분으로 숙소로 돌아왔다.

기분 좋은 피로감과 산의 정기 덕분에 모처럼 숙면을 취하고, 새들의 수다로 아침을 맞았다. 전날 약속한 아침 공양을 위해 '지리산 녹차스님'이라 불리는 보명스님이 차밭을 가꾸시는 상선암으로 갔다. 섬진강을 바라보는 작은 암자의 스님들이 반갑게 맞아주셨다. 4년 만에 다시 만났지만 낯설지가 않았다. 얼굴도 눈빛도 여전히 아이처럼 맑았다.

"이렇게 불현듯 찾아와 폐를 끼칩니다."

"절은 스님이 주인이 아니지요. 찾아오는 손님이 주인이지요. 거사님 편히 드시고 편히 쉬세요."

권하는 목소리나 자세가 여유와 넉넉함 그 자체였다. 스님은 우리가 불편해할까 봐 먼저 공양을 마치고 새로 아침 밥상을 차려놓으셨다. 갖가지 봄나물 반찬과 쑥국을 내놓으며 한 가지씩 이름과 설명도 곁들여주시니 먹는 기쁨이 새록새록 새롭다. 밥상을 물린 뒤 스님이 직접 재배한 녹차를 다려 따라주시는데 배경설명까지 더해주신다. 재배법과 녹차 마시는 법을 듣고 나니 차 맛이 새삼스럽다.

옛 선비들이 차를 즐겨 마시던 사유에 고개가 끄덕여진다. 녹차는 우리 피를 맑게 하여 몸과 마음을 안정시킨다. 좋은 차는 열 번을 우려도 그 맛이 한결같단다. 해마다 4월이면 차나무에서 새순을 따기 시작해 여러 과정을 거쳐 차가 되는데 마치 생명을 잉태하여 출산을 기다리듯 정성을 쏟는 동안 늘 마음이 떨린다고 한다. 차를 큰 솥에 넣고 불에 말릴 때도 큰 주걱으로 힘을 고루 주며 젓고, 젓는 내

내 좋은 생각만 하신다는 스님의 말씀에 그간 아무생각 없이 차를 마셨던 스스로가 부끄러워진다.

잔이 비지 않게 세심히 신경 쓰며 따라주는 녹차의 은은한 맛과 스님의 온유한 목소리가 마음의 찌꺼기를 마지막 한 방울까지 씻겨 내려준다. 천천히 산책하며 이제 막 터질 듯한 매화 봉오리며 작고 여린 꽃들과 눈맞춤을 하노라니 전신에 봄의 기운이 스며들며 행복해진다. 곧 매화 향기로 가득할 차밭을 마음으로 그려본다.

생각이 바뀌지 않으면 기분도 바뀌지 않는다고 스님이 말씀하신다. 녹차를 음미하며 불행하다는 생각을 지우고 행복하다는 생각에 이르니 순간 그렇게 편안할 수가 없다. 영혼이 맑고 인자한 사람과 만나면 잠시 그 순간만이라도 함께 착한 아이가 된다. 깊은 행복을 느낀다. 스님과의 짧은 만남에서 새삼 삶의 지혜를 얻었다. 아직도 내 마음속에는 어린 작은 나무가 자리 잡고 있음을 알았다.

훌쩍 떠난 1박 2일의 지리산 초봄 나들이는 몸과 마음에 쌓인 쓰레기를 깨끗이 비워주었다. 늦은 오후 서울로 돌아와 다시 월요일을 맞이하는 심신이 큰 활력과 잔잔한 행복으로 채워졌다. 전후좌우가 다 막힌 듯한 느낌이 들 때 한번씩 길게 걷는 여행은 이토록 좋다. '마음 비우기'에 더없이 효과적이다.

5년 전부터 조성되기 시작한 지리산 둘레길이 구간별로 개통됐다. 지난 5월 말 전북, 전남, 경남의 3개도 1백 17개 마을을 잇는 총 2백 74킬로미터의 둘레길 20개 전 구간이 개통됐다고 한다. 이제는 스페인의 '산티아고 길'을 부러워할 필요가 없다. 자연을 벗 삼아 자신을 성찰할 수 있는 긴 숲길이 생겼다는 것은 심신이 힘들고 복잡한 오늘을 사는 우리에게 큰 축복이다. 언제든 쉽게 가서 편안히 오래 걸을 수 있다는 기대감만으로도 행복해지니 말이다.

'명예의 전당'에
이름을 올리다

석 달 동안 틈틈이 달리기 연습을 열심히 했다. 달리기가 지루하면 한강변을 걷거나 자전거를 타기도 하고 주말이면 친구와 가벼운 산행을 하는 등 꾸준히 지구력과 하체 근력운동을 병행해왔다. 약속도 줄이고, 술도 줄이고, 과식도 줄이며, 그렇게 절제된 생활을 통해 나를 단련시켰다.

이번 춘천 마라톤대회에서 풀코스를 완주하면 '명예의 전당'에 들어가게 되는 거였다. 11년 전 첫 완주의 뿌듯한 경험을 잊을 수 없어 세웠던 바람이 현실적인 목표가 된 것이다. 그간 한 번의 중도 포기가 있었으나 어느덧 9회 연속 매년 풀코스를 완주하게 된 것이다. 매해 반복되는 그 과정에서 때로는 짜증도 나고, 자신에게 화가 나기도 했지만 절제하는 습관을 몸에 들이는 소중한 훈련이었다. 또한 완주 후 느끼는 자긍심의 에너지는 어디에서도 얻을 수 없는 최고의 보상이었다.

준비과정에서 일어나는 여러 가지 감정들은 복합적으로 나를 기쁘게 혹은 괴롭게도 했다. 출전 일주일 전부터는 부담과 걱정으로 깊은 잠이 오지 않아 밤새 뒤척이기도 했다. 아내에게도 별로 화낼 일이 아닌데 사소한 것에도 짜증을 내면서 말이다. 마라톤 대회의 부담감이 나를 괴롭히고, 또 아내까지 괴롭힌 셈이다.

"그래요. 이번에 꼭 마라톤 완주하세요. 그리고 내년부터는 가볍게 산책하거나 가까운 산에 다니면서 편하게 살자고요."

오랫동안 나의 강박성을 안타깝게 지켜본 아내의 조언이었다. 그렇지 않아도 이제 풀코스 마라톤은 이번 해로 끝내자고 생각했다. 나는 체력의 한계를 느끼면서도 그 연습 과정을 통해 또 다른 내면의 성장을 기대하고 있었다. 마라톤은 유일하게 내가 나를 놓아주고 용서해주는 수련법이었기 때문이다. 나와의 약속을 지키기 위해 성실히 연습하고 연습하면서, 스스로를 정신적으로 육체적으로 강하게 담금질했다. 나는 아내와 자식들에게도 보여주고 싶었다. 자신과의 약속을 지키는 남자의 모습을.

드디어 그날이 왔다. 아내가 새벽부터 준비한 시래기국밥 한 그릇을 비우고, 마치 전쟁터에 나가는 무장의 각오로 이른 아침에 집을 나섰다.

"너무 무리하지 마세요. 힘들면 포기해요. 제일 중요한 것은 건강이에요."

걱정하는 목소리를 뒤로 하고 신발 끈을 조였다. 마라톤 장소인 춘천까지 가는 차안에서 마음은 여느 해와 달리 차분하고 편안했다.

드디어 마라톤이 시작됐다. 그간 그토록 기다리던 10회 완주를 위한 마라톤대회 출발선에 내가 서 있었다. 강산도 변한다는 10년 세월을 묵묵히 감내해온 고된 수련을 오늘로 종지부 찍는다고 생각하니 감회가 더욱 새로웠다.

첫 목표는 준비한 페이스대로 25킬로미터까지 뛰는 것. 그다음은 몸을 달래가며 속도를 조절하면 어렵지 않을 것 같았다. 해마다 늘어가는 참가자들의 열기가 피부로 느껴졌다. 나는 출발신호와 함께 그들과 뛰기 시작했다.

호수를 끼고 뛰는 동안 내 곁을 스쳐 지나가는 단풍은 너무 아름다웠다. 그러나 뛰다보면 주위의 모든 것들은 시야에서 사라진다. 아무 생각도 나지 않는다. 그저 뛰고 또 뛸 뿐이다. 그러니 머리는 절로 비워지고, 몸과 마음은 새털처럼 가벼워지고 편안해진다. 일상에서 잊어버리고 있던 내 심장 소리가 들린다. 뛰는 동안 나는 분명 살아 있었다. 살아 있음의 축복을 온몸으로 느끼고 있었다. 많은 참가자들이 앞뒤에서 저마다 땀을 흘리며 뛰고 있다. 얼굴은 점점 지쳐가고 있지만 순간순간의 모습은 진지하고 아름답기까지 했다.

점점 힘이 빠진다. 자신이 없어지는 순간도 온다. 다리도 아프고, 두렵기도 하다. 한 템포 쉬어가는 게 필요한 순간이다. 가판대에 있는 물도 마시고, 빵도 먹어본다. 그리고 다시 뛰기 시작한다. 두 시간쯤 지났을까, 하프지점이 보인다. 1차 목표는 성공이다. 다시 희망이 솟구친다.

누가 시키지도 않았는데 이렇게 힘든 마라톤을 마다하지 않는데는 이유가 있다. 완주하는 순간이 항상 달콤한 사탕처럼 더할 나위 없는 행복감과 자신감을 가져다주기 때문이다. 팔다리는 지쳐가도 머리는 맑고 투명해진다. 복잡하게 엉켜 있던 혼란스런 일의 해답들이 단순한 한마디로 정리되며 나를 깨우친다.

뛰고 있을 때 거친 숨소리를 들으며, 나는 나의 존재를 확인한다. 그리고 힘든 과정을 마무리해줄 피니시 라인이 분명 나를 기다리고 있음도 안다. 마라톤은, 고통에는 항상 끝이 있다는 진리를 온몸으로 느끼게 하고, 가감 없이 일깨워준다.

10년 차, 올해 마라톤 풀코스의 끝은 단순한 피니시 라인이 아닌 내가 나를 이겨내고, 나 자신과의 약속을 지켜낸 덤까지 있다. 아내에게 당신과 한 약속은 끝까지 지키는 남편의 모습을 보여주겠다는 것, 자식에게는 열심히 사는 아버지의 모습을 보여주겠다는 것. 세상살이는 언제나 호락호락하지 않지만 남자는 변명하지 않는 것이라고, 손자에게 할아버지의 신화도 남겨주고 싶었다. 내딛는 한걸음 한걸음이 가족에게 보내는 기도이고, 희망이고, 추억이 되길 바라며 나는 무거운 다리를 끌어올렸다.

드디어 피니시 라인이 가까이 보인다. 환하게 웃는 아내의 얼굴이 보인다. 나는 끝까지 거북이처럼 좌절하지 않고 온 힘을 다해 골인했다. 아내는 미소로 나를 가볍게 안아주었다. 그간의 부족한 모든 것을 받아주고 나의 허물을 용서해주는 포옹이었다. 무거운 짐을 내려놓는다.

'그래, 내년부터는 당신과 가까운 석촌 호수나 즐겁게 얘기하며 걸읍시다. 그간 수고했소.'

나는 마음속으로 아내에게 고마움의 인사를 전한다.

나는 직업적 헌신이나 학문적 성과로 인한 그 어떤 명예로운 호칭보다도, 인생으로 비교되는 기나긴 마라톤을 성실하게 완주했다는 증거로 춘천 마라톤 '명예의 전당'에 내 이름을 올린 것을 더 영광스럽게 생각한다. 마라토너의 꿈인 명예의 전당에 현재까지 이름을 올린 총 5백 28명 중 한 사람이 된 것이 나는 자랑스럽다. 자발적 의지에 의해, 어떤 이유나 변명 없이, 그리고 누구의 도움이나 편견 없이,

그 긴 세월을 인내한 노력의 결과이기에 뿌듯해할 자격이 있다고 생각한다.

　　누구나 살면서 고통스럽고 힘든 일을 만난다. 앞이 안 보인다고 당황하거나 실망하기도 한다. 내 인생도 때때로 힘든 터널 속에 갇혀 끝이 안 보일 때가 있었다. 그러나 인내를 갖고 기다리면 언젠가 그 끝은 꼭 있었다. 고통을 견디며 통과하는 동안 나도 모르게 성장했고, 그 과정들은 나를 강하게 만들었다. 마라톤은 나에게 그것을 가르쳐주었다. 무엇보다 마라톤의 고독은 마음의 평화와 지혜로운 삶의 길을 열어주었기에 10년 동안 즐거이 완주할 수 있었다.

—

호수를 끼고 뛴다. 뛰다보면 주위의 모든 것들은 시야에서 사라진다. 아무 생각도 나지 않는다. 그저 뛰고 또 뛸 뿐이다. 머리는 절로 비워지고, 몸과 마음은 새털처럼 가벼워지고 편안해진다. 일상에서 잊어버리고 있던 내 심장 소리가 들린다. 뛰는 동안 나는 분명 살아 있었다. 살아 있음의 축복을 온몸으로 느끼고 있었다.

가족이 서로
멘토가 되는 저녁식사

나는 주말 저녁, 집에서 하는 '집 밥 만찬'을 좋아한다. 결혼한 자식 가족들과 함께 나누는 음식은 소박하고 조촐하지만 대화는 정겹고 흐뭇하다. 처음에는 별로 내켜하지 않던 아내도 특별한 일이 없으면 음식 준비를 한다. 자식들도 이제는 습관적으로 모인다. 저녁준비를 하는 아내와 딸, 며느리를 보고 있으면 음식을 먹지 않아도 배가 부르다. 더욱이 손주들이 노는 것을 보는 재미는 더없이 쏠쏠하다.

자식들이 찾아오면 집이 가득해져 행복하다. 며느리와 딸이 저녁준비를 돕는 동안 아들은 고장 난 오디오를 고치고 사위는 내가 종이에 흘려 쓴 원고를 컴퓨터에 입력한다. 집안 구석구석 숨어 있던 소소한 불편함을 잘도 찾아내 이것저것 조용히 해결해놓곤 한다. 큰

돈이 들어온 것 같다. 모두가 고맙고 든든하다.

아내는 주로 아이들이 좋아하는 음식을 만든다. 아들이 좋아하는 불고기, 사위가 좋아하는 골뱅이 무침은 단골 메뉴다. 음식과 함께 화기애애한 대화는 끝이 없다. 손주들은 신나게 뛰어 놀다가 제 어미에게 한번씩 쫓아와 경쟁적으로 음식을 한 숟가락씩 받아먹곤 한다. 큰 녀석이 하는 짓을 아래가 그대로 따라한다.

남매도, 사위와 며느리도 서로 격의 없이 대화를 한다. 억지로라도 만나지 않으면 저마다 바쁘다 보니 서로 만나 이야기할 기회가 없다. 이런 자리를 애써 만들지 않으면 소통의 기회가 없기에 음식 준비에 힘든 아내의 눈치를 보지만 주말이면 모두 모이도록 하는 것이다. 아내의 컨디션이 좋지 않을 때는 함께 외식을 하기도 한다. 그러나 어린 손주들과 함께 시간과 장소의 구애 없이 편안하게 식사할 수 있는 곳은 아무래도 집보다 좋은 곳이 없다. 그래서 다소 좁고 불편해도 집 밥을 나누려는 것이다.

그래서인지 대개 밥 먹는 시간이 두 시간을 넘긴다. 나는 딸이 따라주는 와인이 정말 좋다. 이런 날이 날마다 오는 게 아니지 않는가. 저녁식사 때 곁들이는 아들의 결혼 전 이야기는 삶의 비타민이다. 그래서 식사가 끝나면 빨리 자식들을 돌려보내자고 재촉하는 아내에게 짜증을 낸다. 건강할 때 한 끼라도 더 챙겨 먹이고 싶은 마음에서다. 자연스레 삶의 경험을 나누어주고 싶고, 남매간의 우애를 지켜주고 싶은 마음에서 나는 집 밥 고집을 부린다. 식탁에서 지난 한 주간의 이야기를 듣다보면 그들의 속앓이도 짐작할 수 있고 힘든 대목에 슬며시 도움을 줄 수도 있다.

손주들도 처음에는 만나면 영역 싸움도 하고, 자기 물건에 손대면 서로 으르렁거려 시끄럽게 굴기도 했지만 시간이 흐르니 저절로 타협한다. 함께 하는 저녁 만찬은 손주들에게도 사회 적응 훈련장이 된다.

우리 형제들은 두세 달 간격으로 만나 함께 식사를 한다. 이때는 주로 식당을 이용한다. 큰 회사에 다니는 둘째가 자주 스폰서 노릇을 하지만 직장이나 집안의 경사 등 주제가 있는 주인공이 돌아가며 초대를 하곤 한다.

올해 내 생일에는 형제 내외를 모두 우리 집으로 초대했다. 집에서 밥 한 끼를 나누고 싶었다. 이럴 땐 한번에 모두에게 간단히 연락할 수 있는 이메일이 참 편하다. 생일 식사라는 언급 없이 평소처럼 형제만찬을 공지했다. 막내는 '형수님 재가를 받으셨는지요, 불안하네요'라며 재롱떠는 답신을 보내왔다. 약속이나 한듯 '형수의 음식 준비가 부담된다'는 의견을 보내왔지만 '간단히 저녁준비를 할 테니 부담 없이 집에서 모이자'는 재 회신에 모두들 흔쾌히 응했다.

아침부터 아내는 부엌에서 음식준비와 청소로 바쁘다. 나는 점잖게 "도울 일 없어?" 하고 인사치레를 한다.

"도울 일 없어요. 오히려 준비에 걸리적거리니 나갔다가 오후에나 오세요."

내가 예상한 답이 나왔다. 아내가 솜씨 자랑 준비를 할 때 내가 없는 것이 편하다고 생각해서다.

"그래, 그렇다면 나갈 수밖에 없네."

나는 반가이 집을 나서며 말한다.

"이봐요, 음식 준비 많이 하지 마. 동생들 모두 김치전골이면 최고야. 둘째는 당면을 무지 좋아하니까 충분히 준비하고. 셋째는 부추전, 막내는 불고기, 나는 계란찜이면 돼."

술안주 주문이었다. 현관에서 소리치지만 대답이 없다.

"한 바퀴 돌고 올게."

자전거를 끌고 얼른 집을 나왔다. 이것이 익숙한 우리의 역할분담이다.

어둠이 깔릴 즈음 집에 동생들 내외가 모두 모였다. 아내의 특기인 김치전골과 안주용 음식들이 푸짐하게 차려졌다. 거실바닥에 제사용 상을 두 개 붙여 여덟 명이 어깨를 맞대며 가까이 앉았다. 아끼던 와인으로 원탁의 기사처럼 '사이다(사랑하자, 이 생명, 다하도록)'를 외치며 잔을 부딪쳤다.

각자 사는 이야기, 자식들 근황, 직장 이야기들로 밤이 깊어갔다. 모두 체면을 벗어던진 편안한 모습이다. 저마다 잠깐 잘난 척도 해보고, 때로는 잘 나갈 때 좀 봐달라고 구걸하는 시늉도 한다. 제수 씨들도 저마다 남편 홍보는 일에 한몫 거든다. 서로 안부를 묻고 추억을 되새기는 저녁 식사는 형제애를 확인하고, 서로 위로하며, 삶의 에너지를 충전하는 자리가 된다.

우리는 이렇게 좋은 일이나 어려운 일이 생기면 서로 모여 지혜를 구한다. 서로의 경험을 나눈다. 나도 때로는 동생들에게 자문을 구한다. 서로가 서로에게 멘토가 된다. 밥을 함께 나누면서.

식사를 끝내고 그릇들을 주방으로 옮기는데 모두 협조하니 3분이면 족했다. 설거지를 돕겠다는 제수씨들을 아내는 한사코 말렸다. 오늘은 초대 손님이라고 쫓아내듯이 형제들을 떠나보냈다.

아내는 몇 잔의 와인 덕에 얼굴에 취기가 있었다. 피곤한지 설거지는 내일하겠다며 침대로 가서 곧바로 쓰러진다. 수북이 쌓인 그릇들을 보니 그냥 돌아설 수가 없었다. 나도 모르게 안 하던 설거지를 시작했다. 아마도 하루 종일 우리 형제들 음식 준비하느라 고단했을 아내에 대한 미안한 마음이 한 편에 있었던 것 같다.

여덟 명분의 저녁 설거지 거리, 익숙하지 않은 내 솜씨로 싱크대에 가득한 그릇을 씻는 데 한 시간 이상이 걸렸다. 아침 일찍 일어난 아내는 깜짝 놀라며 기뻐했다. 내게 연신 고맙다는 사인을 보낸다.

216

이런 작은 팁이 반전을 일으킨다. 어제는 내가 부탁하는 '을'이었지만 오늘은 내가 '갑'이 된 것이다.

아내는 음식 준비가 다소 힘들었지만 모두 맛있게 먹고 즐거운 시간을 나누게 된 것이 고맙다며 더블 보너스까지 쓴다. 내가 설거지를 해준 것에 대한 답례로 내년 생일에도 집으로 초대하자고 하는 게 아닌가. 상대를 먼저 배려할 때 사랑은 절로 흐뭇한 모습을 드러낸다.

한 끼 식사를 나눈다는 것은 사람에 대한 가장 기본적인 인사이고 배려이다. 어머니는 손님이 오면 첫 인사가 언제나 '밥 묵었나'였다. 동생들이 집에 찾아와도 늘 첫 마디가 '밥 묵었나'였다. 내가 늦게 들어오는 날이나, 이른 아침에 집을 나설 때도 항상 그렇게 물어보셨다. '밥 묵었나?'는 돌아가신 '어머니표 인사법'이다. 밥을 함께 먹으면서 정을 나눌 시간들이 내게 얼마나 오래 남아 있을지는 모르지만 '밥 묵었나'부터 물으시던 어머니의 사랑처럼 자식, 형제, 친구들과 자주 밥과 정을 나누며 살고 싶다. 바깥에서, 먼 데서 멘토를 찾기보다 가족이, 형제가 서로 멘토가 되어주며 살자.

결혼은 정년제가
필요 없나요?

유명하다는 결혼 정보회사를 찾았다. 40대 중반의 세련된 투피스 차림의 여성이 현관 로비에서 나를 따뜻이 맞이한다. 향수냄새가 싫지 않았다. 재혼커플 매니저의 명함을 내밀며 정중히 자신의 방으로 안내한다.

"선생님, 어려운 걸음 하셨어요"라며 의자에 앉도록 권한다. 왠지 쑥스러워 나도 모르게 머리만 쓰다듬는다. 그녀는 '이상형 찾기'라는 서식의 종이를 한 장 내밀며 말한다.

"선생님이 원하시는 타입의 여성을 적어주시면 제가 도와드립니다. 구체적일수록 이해하는 데 참고가 되지요."

사전에 전화로 듣고 왔지만 얼른 쓰려고 하니 쉽지 않다.

"그냥 말로 하면 안 되나요?"

"그럼, 제가 받아서 타이핑하지요" 하며 그녀는 선뜻 동의한다. 계속 머뭇거리는 나에게 "자, 편히 말씀하세요. 좋아하는 타입을 말씀하시면 제가 책임지고 소개합니다"라며 재촉한다.

"살은 적당히 쪄서 내 품안에 안길 수 있는 여자면 좋겠습니다…… 나들이 갈 때 운전해주는 여자, 크리스마스 때는 머플러라도 선물하는 센스 있는 여자, 잠이 오지 않는 밤이면 함께 나가 영화 한 편 본 후 오뎅 바에라도 기꺼이 가는 여자, 해외여행 스케줄 짜서 결제 받는 여자, 깍두기 씹는 소리를 내지 않는 여자, 2주에 한 번 정도 내게 다가와 애교부리는 여자, 그런 여자 없을까요?"

"계속하세요"라고 하는 그녀의 표정이 어째 좀 그렇다. '이왕 왔으니 평소 원하는 타입을 다 이야기하자'고 나는 마음을 다진다.

"입술이 얇은 여자, 주1회 골프는 책임지는 경제력 있는 여자, 심심풀이 땅콩은 언제나 준비해두는 여자, 함께 있는 침대에서 마스크 팩을 하지 않는 여자, 그런 여자 없을까요? 학벌, 미모, 집안 배경은 필요 없습니다!"

커플 매니저가 나를 한참 쳐다본다. 그리고 "선생님, 저 어떠세요" 하며 내 손을 잡는 게 아닌가. 매끈한 손의 촉감에 온몸이 얼어붙는 것 같다.

"국수 불어요" 하는 소리에 눈을 떴다. 아내의 넙적한 얼굴이 바로 코앞에 있다. 너무 생생한 꿈이었다.

"무슨 낮잠에 잠꼬대를 해요?"

"응, 새장가 가는 꿈이었어."

"흥, 제발 그렇게 하슈. 안 말려요."

점심으로 잔치국수를 차려주고 아내는 방으로 들어가버린다. '정말 그럴까. 새장가를 간다면 안 말릴까' 나도 모르게 잠이 덜 깨었는지 중얼거린다.

그다음 주에 있을 50대 중반 재혼부부의 주례사 준비에 머리가 지끈거려 책상에 엎드려 잠시 눈을 붙인다는 것이 그만 잠이 들었던 모양이다. 신랑이 후배인 인연으로 주례를 부탁받았는데 마음이 내키지 않았지만 딱히 거절할 명분이 없어 엉거주춤 맡게 되었다. 두 사람 모두 이혼 경력이 있는 재혼부부다. 후배는 나이 차가 열 살 되는 신부를 결혼정보회사 주선으로 만났다. 일 년간 교제하다가 결혼을 결심했다고 한다.

후배는 일찍이 미국으로 건너가 뉴욕에서 스포츠 의류업으로 크게 성공했다. 아내가 멕시코 남자와 눈이 맞게 되자 결국 이혼을 하게 되었고, 상실감과 지역사회의 눈총이 의식되어 모든 것을 정리하고 서울로 돌아왔다. 5년간의 서울 생활에서 어느 정도 안정을 되찾았고, 주위의 권유로 결혼정보회사를 찾아 지금의 여인을 만났다.

후배의 신부는 남편의 의처증이 심해 일찍이 이혼하고 그동안 딸과 생활해왔다고 한다. 그러다 딸이 출가를 했고 훗날 딸에게 부담이 되고 싶지 않던 차에 남편감을 소개받고 사랑에 빠지게 되었다고 한다.

주례사 준비는 고통스러웠다. 재혼부부의 주례는 처음인데다 전할 메시지가 잘 떠오르지 않아 머리가 아팠다. "자식, 좋으면 자기네끼리 조용히 하지. 웬 젊은 애들처럼 결혼식이야"라는 부러움 반, 질투 반이 섞인 넋두리만 나온다. 마음에 없는 미사어구로 나열하는 주례사는 내 마음이 허락하지 않고, 재혼을 의식하니 쉽게 주례사 골격을 세울 수가 없었다.

그 결혼식 당일, 나는 목욕을 하고 머리를 가꾸고, 양복과 넥타이를 골라 입느라 흡사 새장가 가는 신랑처럼 바빴다. 늦지 않으려고 안전한 대중교통을 이용하니 45분이나 일찍 도착했다. 근처 커피숍에서 준비한 주례사를 다시 한 번 꼼꼼히 읽어보고 호흡을 가다듬는다. 일생의 중대사인 결혼식을, 그것도 중년부부의 새로운 재혼결혼식을 관장한다는 심적 부담이 그전 주례 경험에 관계없이 크게 다가왔다.

주례를 위해 중앙선단에 올라서니 식장은 무슨 노인들의 단합대회 같았다. 어린이나 젊은 사람은 찾기가 어려웠다. 내가 어색해하는 것을 하객들이 눈치챌까 봐 긴장하다 보니 나도 모르게 목이 말라왔다. 두 사람으로부터 받은 인생계획서를 읽는 것으로 주례사를 대신했다.

왠지 어색한 중년부부의 결혼식 분위기를 만회하려고 전문 사회자는 격식을 파괴한 진행을 주도했다. 주례사가 끝난 후 축하 연주가 이어졌는데 신부에게 노래를, 신랑에게는 춤을 추도록 시킨 것이다. 하객을 두 편으로 나누어 만세 삼창도 시켰는데, 마지막으로 주례자인 나에게도 만세 삼창을 시킬 때는 쑥쓰러움에 어쩔 줄 몰라하기도 했다. 흡사 코미디 예식장이 되었지만, 어색했던 분위기는 반전되어 화기애애해졌다. 결혼식이 무사히 진행되고 행복해하는 신랑 신부의 모습을 보니 그들에게 내가 큰 부조를 한 것 같아 뒤늦게 보람을 느꼈다. 그들의 용기와 당당함이 너무도 보기 좋았다.

'이제 수명도 길어졌는데 30년을 더 같이 가는 것이 정답일까?'

'갈아 탈 이유는 없는 걸까?'

'죽을 때까지 똑같은 된장 맛을 보아야 하나?'

'결혼정년제도 있어야 하는 것 아닌가?'

'그렇다면 언제가 국회에서 환갑 넘으면 새장가 갈 수 있다는 법안도 만들 날이 오겠네.'

돌아오는 차 안에서 온갖 엉뚱한 생각들이 머릿속을 맴돌았다.

아무리 열정적인 사이라도 사랑의 유효기간은 있다. 길어야 3년이 안 되어 언제 그랬느냐는 식이 되는 건 자연스러운 일이다. 어느덧 나의 결혼생활은 30년을 넘어선다. 어머니 손에서 자란 세월보다 아내와 손잡고 보낸 시간이 더 길다. 사랑보다는 그 놈의 정 때문에 살았다. 그래도 구관이 명관이다. 뒤늦게 박살나기 전에, 아니 굶어죽기 전에 '한번 해병은 영원한 해병'이라는 구호를 속으로 외쳐본다.

부부가 각자
자기만의 방을 갖는다는 것

우리 부부는 각자의 방에서 따로 잔다. 거기에는 이유가 있다.

'부부는 같이 자야 정이 식지 않으며 아무리 낮에 싸워도 잠자리는 바꾸지 말아야 한다'는 말을 듣고 자랐기에, 한때 그게 당연하다고 생각했다. 부부싸움으로 상담하는 환자들에게, 베개 들고 옆방 가면 별거 내지 이혼의 첫걸음이라고 으름장을 놓기도 했었다. 그런데 언제부터인가 생각이 바뀌었다. 나이와 주거 환경의 변화는 기존 관념을 바꾸게 한다.

나는 잠버릇이 고약한 사람이다. 몸부림을 자주하여 어떤 때는 아내가 침대 모서리에서 떨어지기 일보직전까지 간 적도 많다. 술을 좀 마신 날 밤은 유난히 코를 곤다. 아내의 왼쪽 귀가 잘 안 들린다.

이비인후과 검사를 받은 아내는 내 탓으로 돌린다. 내가 아내의 귀에 대고 하도 코를 골아서 귀가 안 들린다고. 말은 안 되지만 그렇게 이유를 댄다.

그리고 이건 참 말하기 곤란한 일이지만, 옛날부터 장이 안 좋아서 그런지 나는 방귀를 잘 뀐다. 작년에 대장에 용종이 생겨 수술도 한 적이 있고 지금도 조심하고 있다. 또 굳이 변명을 하자면 나는 참는 것을 싫어한다.

어느 새벽, 아들이 방에 노크를 하고 문을 열자마자 비명을 지른 적도 있었다.

"엄마! 엄마는 어떻게 아빠랑 자? 여기는 방이 아니라 가스실이야. 암모니아 가스실!"

그때 아내는 "내가 지금 자는 게 아니야. 가스에 취해서 혼수상태에 빠진 거야"라며 맞장구를 쳤다. 그래도 20년 넘게 좋으나 싫으나 아내는 나하고 같이 자주었다.

그러던 어느 날엔가, 강아지를 키우기 시작하면서 졸지에 나와 아내와 강아지가 한 침대에서 자기 시작했다. 아내는 마치 자식처럼 강아지를 꼭 안고 잤다. 나는 "강아지는 동물이야! 사람하고 같이 자는 게 아니야. 강아지는 강아지 집에서 자야 건강해져"라며 불평했다. 아내는 동물병원에서 강아지 집을 사왔다. 그러나 새끼 때부터 안겨 자는 습관이 밴 강아지 몽실이는 잘 때가 되면 꼭 침대에 올라오곤 했다. 그러다가 내가 곤히 자고 있을 때 갑자기 쿵쿵 하면서 소리를 냈다. 그러면 아내는 깊은 잠의 와중에도 벌떡 일어나 화장실로 데리고 가서 오줌을 누이고 오곤 했다.

이런 일이 자꾸 반복되니 자연히 수면에 방해받을 수밖에 없었다. 다음날 출근하는 사람을 생각해 아내는 아예 몽실이와 작은 방에서 자기 시작했다. 그래서 본의 아니게 따로 자는 날이 생기기 시작했다. 처음에는 허전하고 화도 났지만 점점 혼자 자는 것에 익숙해져 갔다. 아내도 그 생활에 익숙해지는 것처럼 보였다, 섭섭하게도.

나의 수면 습관도 나이가 들어가며 점차 바뀌기 시작했다. 나는 아침형 인간이고 아내는 저녁형 인간이다. 나는 새벽 4시 반이면 일어나고, 저녁 먹고 9시 뉴스가 끝나면 취침 시간이 시작된다. 그때부터 우리 집은 조용해야 한다. 텔레비전도 못 보고 전화도 안 받는다.

새벽잠이 없어지기 시작하면서 아침 습관이 생겼다. 이른 아침, 인터넷으로 뉴스와 메일 점검을 하고 산책을 다녀온다. 보통은 그때까지 식구들이 자고 있다. 나는 괜히 심술이 나서, 조용히 내 방에서 아내가 일어날 때까지 기다리지 않는다. 전깃불을 켜고, 텔레비전을 켜놓고, 이 방 저 방을 막 돌아다닌다. 내가 깨어 있다는 것을 시위하려는 듯이 말이다. 결국 아내는 더 자는 걸 포기하고 일어날 수밖에 없다. 어쩌겠는가, 그래야 늦지 않은 아침밥을 얻어먹는데.

일 년 전에 이사를 했다. 아들과 딸이 모두 제 짝을 찾아 집을 나 갔고 몽실이도 하늘나라에 갔으니 우리 두 식구만 새로운 아파트에 서 살게 되었다. 이사 후 어느 날부터 약속을 한 것도 아닌데, 따로 자기만의 공간에서 잠을 자고 자기만의 생활을 하기 시작했다. 아주 자연스럽게 아내 방, 내 방이 생겼다.

아내에게 넓고 큰 안방을 내주고 나는 문간방을 침실로, 그 옆의 작은 방을 서재로 만들어 내 공간으로 쓴다. 아내 방과 내 방은 거리 가 있어서 잘 들리지 않는다. 아내는 커다란 안방에서 모든 것을 해 결한다. 목욕이며 화장은 물론 TV 시청과 책 읽기까지 다 가능하다. 대비마마처럼 아주 폼 잡고 잘 지내신다. 저녁식사 후 여유 있는 시 간에 자기가 하고 싶은 것을 하고, 보고 싶은 채널도 마음대로 선택 해서 본다. 늦게 잠들어도 눈치 볼 일도 없다. 갱년기라고 열이 펄펄 난다며 창문을 열고 산다. 나는 그 방에 들어가면 한기를 느낄 정도 지만 웬만한 영하의 날씨가 아니면 난방스위치를 켜지 않는다.

나는 창문을 꼭꼭 닫고 잔다. 추운 게 싫다. 그리고 안대까지 한 다. 빛과 소음이 차단된 아늑한 작은 방에서 잠이 깊이 든다. 자식들 이 떠난 갱년기의 텅 빈 공간을 지금 우리는 각자의 마음대로 편안 히, 자유로이 나눠 쓰고 있다. 서로의 자유를 인정하고 존중하며. 각 자의 공간에서 시간에 구애받지 않고, 자기 취향과 개성대로 삶을 즐 긴다. 늦은 밤까지 독서를 해도 되고, 자는 동안 어떤 잠꼬대를 해도 걱정 없다. 이부자리에서 마음껏 펼치는 온갖 공상도 쏠쏠한 행복이다. 꿈이 무서우면 언제든 베개만 들고 이동하면 된다.

꼭 한 침실을 쓰지 않아도 부부사이에 문제가 될 것은 없다고 생각한다. 특히 여자들은 더 편안해한다. 내 경험상 부부싸움 후 불편한 마음으로 한 방을 쓰면 후유증이 더 오래 갔다. 반대로 각 방을 쓰면 다음날 더 쉽게 화해가 되었다. 물론, 가끔은 걱정도 된다. '내가 갑자기 한밤중에 심장마비에 걸리면 어떡하지?'라는 괜한 생각으로. 하지만 두려움이 들다가도 '그래, 팔자대로 살자' 한다. 나는 '잠은 꼭 함께 자야 한다'라고 생각하는 부부들에게 나이가 들면 서로 각자의 방에서 사색할 시간을 갖는 것도 나쁘지 않다는 것을 알려주고 싶다.

자식과의 대화는
늘 쉽지 않다

주변에서 '자식이 제일 무섭다'는 말을 어렵잖게 듣는다. 김 사장의 요즘 스트레스 1순위는 회사 일이 아닌 자식들과의 관계이다. 어느덧 서른 줄에 들어선 딸. 옛날 같으면 벌써 시집을 가고도 남을 나이인데, 취직할 생각도 결혼할 생각도 않고 허구한 날 부모 집에서 빈대 생활하고 있는 것에 열불이 난다는 것이다.

시간을 내 좀 타이르려고 해도 '알겠어요' 그 한마디 이외엔 눈도 맞추지 않는다. 한 집에서 방문을 잠그고 있는 딸이 보기 싫고, 얼굴을 보면 울화가 치밀어 점차 집에 들어가기도 싫다. 바깥일에 몰두하는 동안 자녀 교육은 일체 아내가 알아서 해주기를 바랐는데 이제 와서 보니 잘못 판단한 것 같다고 아내를 원망하기도 한다.

자수성가한 김 사장은 여태껏 모든 일에 자신감을 가지고 살아왔다. 그런데 지난해 사업을 확장하다가 큰 사기를 당한 후 회사가 어려워졌다. 집안에서도 씀씀이를 줄여야 할 형편인데 정작 아내나 딸은 심각성을 잘 모르는 것 같다고 한숨을 쉰다.

반면, 아내는 남편이 밖에서는 비교적 다정한 사람인데, 집에만 들어오면 직원을 대하듯 명령조로 이야기하는 것에 불만이 많다. 김 사장은 딸과 사소한 일로 다투던 중 체중에 관해 인격모독적인 발언을 한 적이 있다. 나중에 딸의 방문을 열고 "미안하다"고 말했지만, 딸은 아버지의 화해 제스처를 무시하고 "방에서 나가 달라"며 방문을 잠가버렸다. 그러자 김 사장은 못된 녀석이라고 더욱 화를 냈고, 딸도 같이 소리 지르며 한바탕 소동을 피웠다. 그날 그 일로 부녀간에 심한 갈등을 겪고 있다고 한다.

사실 아버지는 딸과 대화를 원했다. 그러나 딸은 원치 않는 것 같다. 아버지는 당황스럽고 괴로웠다. 온순하고 착하기만 하던 어릴 적 딸의 모습을 아직 가슴에 담고 있기 때문이다.

자식과의 좋은 관계를 위해서는 어쩌면 직장상사나 동료, 친구들보다도 더 많은 준비가 필요할지 모른다. 특히 자식들이 부모로부터 독립하기 전에는 대화가 더욱 힘들 때가 많다.

정체성을 확립하는 시기인 20대 전후에는 부모나 어른이 단순히 나이가 많다는 것으로 자신을 지배하려는 것에 저항을 보인다. 그들이 원하지 않을 때면 아무리 좋은 경험이나 조언을 해도 잔소리로만 여긴다. 자연히 거부감이 일어나고 그 감정에 관련된 반발행동을 하게 된다. 부모는 이에 대해 더욱 권위적으로 자식의 빗나간 행동을 나무라게 되는 악순환을 밟게 된다.

자식은 자신의 복제품이라는 환상에서 순종만을 요구하고 기대하는 아버지들은 자식의 반발로 인한 마음 고통의 대가를 크게 받는다. '콩 심은 데 콩 나고 팥 심은 데 팥 난다'는 속담이 있듯이.

아버지 세대들은 젊은 세대가 좋아하거나 즐기는 일에 대해 편견을 버려야 한다. 개방된 태도로 지켜볼 수 있는 인내가 필요하다. 돌이켜보면 지난날 우리의 아버지도 똑같이 인내심을 갖고 지켜보았다는 것을 알아야 한다.

흔히 아버지는 자식들에게 자신의 생각이나 경험을 나누어주려 애를 쓴다. 그러나 현실은 쉽지 않다. 과거 자신이 잘못했던 일, 놓쳐버린 일, 아쉬웠던 일, 부족했던 일 등을 자식이라는 자신의 아바타를 통해 재실현 하고픈 욕구가 있기 때문이다. 이런 유혹은 결국 자식을 자기 식대로 통제하려 들기 때문에 결국 자식들의 반발과 갈등만 키울 수밖에 없다.

자신의 경험과 삶에 대한 지혜도 그들이 필요로 할 때에만 진정한 도움이 된다. 자식들이 그들의 삶을 사랑으로 지켜보고 있다는 사실을 알게 될 때까지 아버지는 참고 기다릴 수 있어야 한다. 그러므로 아버지는 그들이 필요할 때 언제나 그 자리에 있어야 한다. 위엄과 품위를 지켜야 한다. 자식들과의 관계는 다른 인간관계와 달리 어떤 갈등도 풀 수 있고, 또 그런 기회가 늘 열려 있다. 그러나 인내해야 하고 용서해야 하는 부담을 갖고 있다. 가정은 회사와는 다르다. 가정은 경영하는 곳이 아니라는 점을 알아야 한다.

김 사장의 경우, 오늘날 보편적으로 볼 수 있는 부모 자식 간의 갈등 사례의 한 예이다. 산업화 시대를 살아온 아버지들은 대체로 가부장적이고 보수적인 문화 속에서 성장했기 때문에 의사표현에 있어 직선적이고 하향식일 수밖에 없다. 아버지의 성숙하지 못한 표현에 대해, 자라온 문화와 교육적 배경이 다른 딸은 이해가 쉽지 않다. 부모와 자식 간에 서로 속내를 이해하기보다 대화할 때 말투에 의존해서 감정이 상하는 것이 문제이다.

어렵게 만난 김 사장의 딸에게 나는 이렇게 말했다.

"아버지는 가장으로서 책임감을 무겁게 느끼기 때문에, 늘 밑바탕에는 '아내와 자식은 내가 책임진다'는 책임감의 표출로 가부장적인 대화를 하는 것입니다. 그래서 자신의 가치관과 다르거나 왜곡된 경우를 보면 직선적으로 표현합니다. 따님 역시 아버지의 성격을 물려받아서 수용하지 못하고 반발하게 되니 충돌하게 되지요."

아버지가 사업상 느끼는 어려움과 중년의 심리적 동요를 이해하려는 노력이 필요하며 되도록 비난하지 않는 것이 중요하다고 딸에게 이야기했다. 아버지의 권위를 인정하고, 개선할 점에 대해 차분히 이야기를 나누면 분명 아버지는 받아들이는 분이라고. 아버지도 스스로 가족에 대한 생각이 조금씩 달라지고 있고, 대화를 하려고 노력하고 있는 점을 강조하면서.

"가족은 내 몸과 같아요. 조그만 상처가 나도 아픔을 느끼듯 어느 한 사람이라도 고통스러우면 가족 전체가 아픕니다. 딸은 아버지가 완벽한 분이길 기대하겠지만 가장으로서, 회사 책임자로서 수많은 어려움과 과도한 스트레스가 있기 때문에 아버지는 집에서 쉽게 화를 내기도 하는 겁니다. 딸의 입장에서 모든 것을 피해의식으로 보지 말고 한 걸음 떨어져서 아버지를 바라보는 태도가 필요합니다." 아버지 편에서 딸의 이해를 구했다. 딸은 고개를 끄덕이며 두 손깍지를 꽉 끼었다.

아버지도 자연스러운 대화를 통해 딸을 이해해야 한다. 아내 역시 일방적으로 딸의 편을 드는 태도는 바람직하지 않다. 남편과 딸 사이의 진정한 중재자가 되어야 한다. 남편의 표현과 태도를 해석해주고 걸러주어야 남편의 자식사랑의 본질이 왜곡되지 않는다. 남편에게는 딸의 독특한 정서변화와 최근의 어려움도 귀띔해줘야 한다.

불행은 서로 소통하지 못하고 단절된 상태가 오래갈 때이다. 어떤 이유에서라도 '대화'의 끈을 놓지 않고 끊임없이 시도하는 것이 중요하다.

"만약 집안에서 대화가 어렵다면 딸을 커피숍으로 부르세요."

분위기가 훨씬 부드러워 대화가 쉬워질 수 있다.

"방문을 잠그면 문자로 사과하셔도 되지요."

대화가 자연스러워질 수 있도록 그들의 문화에 다가가야 할 필요가 있다. 먼저 손을 내밀어야 하는 쪽은 아버지이다.

어느 연예인이 자신의 아버지가 택시기사였는데 바쁜 와중에도 집에 잠시 들러 먹을 것을 사주고 가던 아버지의 뒷모습을 떠올리며, "당시는 몹시 부끄러웠는데 지금 내가 가장 존경하는 사람은 나의 아버지"라고 말했다. 어느 가수는 "소리하는 아버지가 부끄러워 싫어했는데, 지금은 아버지의 유전자를 받고 태어나 최고의 목소리를 갖게 해준 아버지가 내 영웅"이라고 했다. 이렇게 자식들은 아버지와의 갈등과 대립이란 과정을 거치면서 성숙한 어른으로 자란다.

결혼 후 자신이 아버지가 될 때 그들은 자신의 아버지가 자신의 뿌리라는 것을 온전히 받아들인다. 자식과 대화가 안 된다고 섭섭하게 생각하거나 두려워할 필요가 없다. 농사꾼이 비바람이 심하다고 농사를 포기하겠는가. 부모의 자식농사는 그보다 더한 것이다.

물질이나 도덕적 가르침보다 자식에 대한 무한한 애정, 자식의 입장에서 보는 자상한 배려, 변화를 강요하거나 재촉하지 않는 인내 심만이 훌륭한 부모의 덕목이다. 세월이 지나면 자식과의 관계는 저절로 좋아지게 되어 있다. 아버지만 조급하게 굴지 않으면 된다. 그때까지 건강하게 품위를 지켜야 하는 것은 아버지 몫이다.

평소 존경하는 박 선배로부터 받은 편지의 일부를 소개해보려고 한다. 미국 감리교회 목회 자료집에서 발췌한 내용인데, 아이들이 아버지에게 쓴 편지의 일부다. 우리 아버지들이 새겨볼 만한 내용 열 가지를 추려보았다.

1   내가 원하는 것을 다 주지 마세요. 사실 나는 원하는 것을 다 가질 수 없다는 것을 어느 정도 알고 있어요. 다만 아빠를 시험해보고 있는 것뿐이에요.

2   좀 엄격하면서 확신을 가져주세요. 나는 아빠가 확고할 때 편안하거든요.

3   내가 잘못했을 때 조용히 타일러주세요. 그러면 저는 더 잘 듣게 돼요.

4   때로는 내가 잘못을 저지르도록 내버려두세요. 그래야 제가 고통스러운 좌절을 통해 바르게 배울 수 있거든요.

5   내가 "아빠 미워!" 할 때 주의 깊게 들어주세요. 내가 미워

하는 것은 아빠가 아니고 아빠 때문에 내가 작게 보이기 때
문이에요.

6   잔소리를 하지 말아주세요. 계속 잔소리를 하면 나는 귀를
막고 그것으로 나를 방어하게 돼요.

7   내가 물어볼 때 진지하게 대답해주세요. 무시하거나 핀잔
을 주면 나는 다시는 질문하지 않고 다른 곳에서 답을 찾게
되고 말아요.

8   일관성을 지켜주세요. 이랬다, 저랬다 하면 나는 혼돈을 일
으키게 되고, 아빠를 믿을 수 없게 돼요.

9   인간적이 되어주세요. 만일 아빠가 완전하고 잘못을 저지
르지 않는다고 말하면 나는 완전하지도 못하고 실수도 하
는 아빠를 발견할 때 너무나 큰 충격을 받기 때문이에요.

10 잘못했을 때는 사과를 해주세요. 그러면 나는 놀랍게도 아
빠에게 따뜻한 정을 느끼게 돼요.

고운 말, 좋은 말
기분 나쁜 말

첫 손자가 세상에 나오려는 즈음, 아들하고 닮은 모습이기를 나는 내심 기대했었나 보다. 손자가 자고 있는 모습은 그대로 아들의 모습이었다. 태어난 며칠 동안 나는 줄곧 손자의 눈 뜬 얼굴을 보지 못하고 돌아왔다. 며칠 후 아들이 동영상을 보내왔다. 나와 아내는 손자의 뜬 눈을 제대로 보고 싶어 안달을 하며 동영상을 틀었다. 제대로 뜬 눈을 보는 순간 서로 아무 말이 없었다.

손자는 며느리의 동양적인 가느다란 눈을 닮았다. 영어로 '오 마이 갓'이 저절로 나왔다. 하지만 시간이 지나면서 그 눈이 얼마나 귀여운지, 손자를 사랑하는 마음에 이제 그 눈도 매력이 있어 보인다. 아내는 "우리 손자 눈은 가수 비를 닮았어요. 얼마나 잘 생겼는데요"

한다.

하지만 나는 가끔 심통이 나는지 "뭐가 예뻐? 시골에서 고추 내놓고 노는 애들 중에서 볼 수 있는 아주 흔한 얼굴이야" "너무 예쁘다, 예쁘다 하지 마" 등등 한번씩 미운 말을 골라서 했다. 그러면 아내는 아이들에게 "아빠는 원래 듣기 좋은 말을 하는 사람이 아니란다. 미우면 그런 말도 안 해" 하고 아이들에게 변명 아닌 변명을 한다. 실제로 그렇다.

그런데 손자가 커가면서 정말 예쁜 짓만 골라하는 모습을 보니 나는 절로 손자와 사랑에 빠졌다. 무엇을 해도 예뻐 보였다. 나는 롯데월드 놀이공원 일 년 자유이용권으로 거의 매주 한 번씩 그 녀석을 감동시켰다. 졸지에 나도 회전목마도 타고, 신드바드의 배도 타보는 즐거움을 누린다. 우리 부부는 누가 보면 늦둥이를 낳은 노부부처럼 손자를 가운데 놓고 셋이 걷다가 비행기를 태워주곤 한다.

딸은 시집을 가서 딸을 낳았다. "아빠, 우리 새리 예쁘지? 그렇지?" 하면서 딸이 나에게 동의를 구하는데, 나는 그만 미운 말을 또 한다.

"머가 이쁘노? 노멀(normal)이다, 노멀."

그러면 아내는 "아빠는 미우면 얘기도 안 해. 노멀은 내가 보기에 최고의 찬사인 것 같다. 예쁘다는 뜻이야" 하며 또 변명을 하기 시작한다. 그러면서 내게는 "예쁘게 생겼는데 왜 그래요? 윤미가 실망하잖아요!" 하고 나무란다. 나는 "애는 너무 예쁘다, 예쁘다 하는 것이 아니야" 하며 심통을 부린다.

시간이 흐르면서 아들이 둘째 아이로 딸을 낳았다. "아이고 예쁘구나" "귀엽게도 생겼지" "유괴 당할까봐 걱정이다" 등등 나도 모르게 안 하던 찬사가 절로 나왔다. 손녀가 너무 예쁘고 귀여웠다. 딸 윤미도 조카를 보고 "아빠! 참 예쁘지?" 한다. 그러면 나는 얼른 "예쁘고말고. 이렇게 예쁜 아이는 본 적이 없어"라고 대답한다. 그러면 아내는 또 걱정스런 얼굴로 "윤미 딸한테는 노멀이라 해놓고는…… 그럼 윤미가 서운해하잖아요!" 하며 눈을 흘긴다. 그러면 "나는 사실인데, 뭐"라고 샐쭉거린다.

아내는 내가 하는 말에 늘 불만이 많다. 하고 많은 말 중에 듣기에 기분 나쁜 말을 골라 하는 게 내 말주변 솜씨라고 한다.

얼마 전 아내와 나는 친척 결혼식에 갔다. 그곳에서 오랜만에 만난 친척이 아내를 보고 "아유 오랜만이네. 옛날엔 아주 예뻤는데, 이제는 많이 늙었네" 하는 것이 아닌가. 그 뒤부터 아내는 아무 말이 없었다. 식이 끝나자 바로 집으로 돌아와서는 짜증을 확 낸다.

"그래, 나도 알아요! 나도 나이 먹은 거. 그렇지만 꼭 그렇게 말해야 돼요? 얼마든지 좋은 말이 많은데. 빈말이라도, 어쩌면 하나도 변한 데가 없어, 그대로야…… 그랬으면, 물론 내가 나이는 들었지만 그 말이라도 고마워서, 아유 무슨 말씀을, 그래도 그렇게 말해줘서 고마워요, 할 텐데…… 남에게 기분 좋은 말, 고운 말 좀 하면 큰일 나나요?"

"늙었으니 늙었다고 하는데 사실이지, 뭐 그렇게 기분이 나빠?"

나는 대수롭지 않게 대답했다. 아내는 한동안 계속 기분이 안 좋았다. 그 모습을 보면서 나도 옛날에 많은 실수를 했던 생각이 났다. 이왕이면 기분 좋은 말을 하면 좋았을 텐데, 돈도 안 드는 일인데, 뼈 있는 말을 함부로 하며 살아왔다. 아무리 좋은 의도였더라도 상대에게 상처가 되는 것을 외면했다. '칼에 베인 상처는 일주일이면 아물지만 말에 베인 상처는 평생 간다'는 중국 고사도 있고 '가는 말이 고와야 오는 말이 곱다'는 우리 속담도 외우면서 실제 생활은 그러지 못했다. 지난 세월, 오로지 공부만 잘하면 모든 것이 용서되던 시대의 흔적이 내게 아직도 남아 있나 보다.

이제 '고운 말, 기분 좋은 말'만 하면서 살아야지. 앞으로 살면서 고쳐야 할 것 중 하나이다. 아마도 계속 고칠 것이 나올 것 같다. 말은 인격의 일부인데. 이제야 철이 드나보다.

4대가 모여 사는
조화로움 예찬

살아계실 적 어머니는 연세가 많아지면서 점차 외출이 줄어들고 집 안에서 보내는 시간이 많아졌다. 노년이 깊어질수록 자식의 눈에는 노인 특유의 성격 변화가 심해졌고, 그 때문에 고부간에 늘 작은 갈등이 있었다.

아내도 갱년기가 와서 감정 변화가 심해지고 자제력이 약해지고 있었다. 전과 달리 목소리가 커지고 쉽게 감정적이 되었다. 시어머니와 며느리와의 관계는 옛날이나 지금이나, 서양이나 동양이나, 보이지 않는 긴장감이 항상 팽팽하다. 그러잖아도 샌드위치 격인 장남의 조정 역할도 점차 수월하지 않았다.

살기 위해 나는 박쥐가 될 수밖에 없었다. 어머니와 단 둘이 있을 때는 아내 흉을 본다. 그러면 어머니는 '그래 너는 내 자식이다. 너는 어미 마음을 아는구나' 하는 표정이다. 어머니가 동생 집에 가고 없을 때 아내와 밥상에서 맥주 한 잔을 할 때면 어머니 흉을 본다. "나도 자식이지만 못 참겠는데……" 하며 맞장구 치면 안주가 한 접시 더 나온다.

그러나 그것도 점차 통하지 않았다. 어느 날 나는 무릎을 탁 쳤다. '그래, 유엔평화 유지군으로 아들네 식구를 우리 집에 주둔시키는 거야.' 그때 아들은 이미 결혼 5년 차가 되어 분가해 있었고, 네 살 된 아들이 있었다. 아들은 군 복무 후 학교에 복학한 상태에 있었기에 내 말을 거부할 수 없었다. 손자도 돌보아주고 월세도 안 받겠다고 하니 아들은 환영하는 기색이었다. 며느리 속마음까지 생각할 여유는 없었다. 아내의 설득은 좀 쉽지 않았다. 아들 내외와 합침으로써 생기는 여러 문제와 며느리에게 자신이 겪은 것 같은 부담을 주기 싫다는 이유였다.

그래도 나는 양보하지 않았다. 몇 년 뒤 아들이 직장에 나가 스스로 자기 가족의 생계를 책임질 때까지 데리고 살자고, 이제 더 이상 아들 생활비까지 보조해줄 수 없다고 고집을 부렸다. 그렇게 해서 아내와 어머님, 아들 내외와 손자 그렇게 4대가 한데 모여 살게 되었다. 집안은 손자 때문에 항상 떠들썩했고, 방마다 어지럽게 무엇인가

가 항상 널려 있었다. 시간이 지나면서 언뜻 무질서해보여도 거기에는 보이지 않은 타협과 양보, 그리고 인내가 공존함을 알게 되었다.

지금은 모두 출가해서 나와 아내만 살지만, 문득문득 그때가 떠오르는 것은 많은 추억들이 서려 있기 때문이다. 아이들은 잔소리 많은 할머니와 살면서 애증을 배웠다. 그 잔소리 때문에 아이들이 받는 스트레스를 걱정하던 아내는 어느 날 나에게 말했었다.

"어머니 덕분에 나는 잔소리 없는 착한 엄마가 됐어요. 그래서 아이들이 나를 잘 따라요. 모두 나쁜 것만은 없는 것 같아. 만약 우리 집에 어머니가 안 계셨더라면 나도 다른 엄마들처럼 잔소리나 하고 아이들을 괴롭혔을지도 모르는데 싶어서 가끔 어머니에게 미안하지만 고마운 생각도 들었어요. 그리고 손자를 키우면서 너무 바쁘고 힘드니까 어머니 미워할 시간도 없어서 좋았고요."

아내는 아내의 방법으로 살 길을 찾았고, 나는 나대로 고부간의 갈등의 틈바구니에서 벗어나서 좋았다. 아들 내외는 자연히 아내를 고마워했다.

여럿이 모여 살면 조그만 사회가 된다. 어머니는 바쁜 아내에게 잔소리를 덜하게 되었고, 손자는 그런 아내를 엄마처럼 생각하고, 가끔 밖에 나가면 "엄마! 엄마!"하고 불러서 당황한 적이 많다고 했다.

그리고 직장에 다니던 딸은 그런 엄마가 안쓰러운지 일찍 퇴근해서 조카와 놀아주곤 했다. 서로 힘든 가운데 조금씩 양보하고 배려하는 모습을 통해 자녀교육의 문제는 저절로 풀려나가는 것을 느꼈다.

어머니는 힘든 며느리를 먼저 배려했고, 아내는 그런 어머니를 보면서 스트레스를 줄이고, 아이들은 서로 도와가며 아내를 돕고, 그런 아내를 보는 나는 미안한 마음에 아내의 요청은 웬만하면 '오케이'를 주었다. 그러면서 아이들과 할머니, 손자와 우리 내외는 강물이 흐르듯 편안한 시간을 보냈다. 가끔 암초도 만나곤 했지만 시간이 흐른 지금 나는 그때가 그리워진다.

주말 밤이면 손자는 나와 함께 자려고 내 방에 왔다. 우리 둘은 서로 침대에서 꼭 껴안고 잤다. 손자는 잠시 그렇게 있는 척 하다가 금세 뒤돌아 자지만 나는 그 순간이 참 소중하고 행복했다. 사는 동안 아내는 힘도 들었겠지만 마음은 부자였으리라. 나는 그런 부자 아내를 둔 덕분에 어부지리로 좋은 남편이 될 수 있었다.

지금은 도시에서 결혼하면 당연한 듯 분가해서 핵가족 생활을 하는 것이 보편적인 시대이다. 그러나 부모와 일정 기간을 함께 산다는 것은 시어머니와 며느리, 장인과 사위가 저마다 서로를 더 깊이 이해하게 되는 소중한 기회를 갖는 것이다. 새로운 가족공동체가 되기 위해서는 단순한 서약만이 아닌 몸으로 부딪히는 과정을 거쳐야 관계가 더욱 단단해진다.

가족 간의 타협, 이해, 공존의 경험과, 함께 살면서 몸으로 터득하게 되는 배려와 양보의 미덕은 무엇과도 바꿀 수 없는 우리 가정의 무형의 자산이다. 모름지기 가화만사성이다.

ⓒ이홍식

—

자식들은 아버지와의 갈등과 대립이란 과정을 거치면서 성숙한 어른으로 자란다. 결혼 후 자신이 아버지가 될 때 그들은 자신의 아버지가 자신의 뿌리라는 것을 온전히 받아들인다. 자식과 대화가 안 된다고 섭섭하게 생각하거나 두려워할 필요가 없다. 농사꾼이 비바람이 심하다고 농사를 포기하겠는가. 부모의 자식농사는 그보다 더한 것이다.

반 세기를 넘나든
유리구슬

아들 내외와 함께 살 때다. 토요일이면 손자는 아내와 함께 잔다. 평일 내내 늦게 들어오는 아들 내외가 토요일 아침이라도 편안히 늦잠을 자도록 하기 위한 배려였다. 또한 손자로서는 토요일 아침, 보고 싶은 로봇 만화영화를 엄마, 아빠 눈치 보지 않고 실컷 볼 수 있다는 계산이 맞아떨어진 것이다.

금요일 저녁에 자러올 때면 생일날 사준 다섯 개의 동물인형을 갖고 올라오는 모습은 여간 귀엽지가 않다. 이 아이는 할머니와 함께 자는 것이 평소 고마움에 대한 배려 차원으로 여긴다. 그러기에 할아버지와 자는 것은 순위에서 밀려나 있다.

각 방을 쓰고 있는 나는 옆구리가 허전하기도 하여 손자에게 애걸해보지만 번번이 할머니 쪽으로 방 배정을 마치고 들어간다. 강아지와 함께 자는 모습을 보고 있노라면 아들 모습이 겹쳐져 더욱 아련해진다. 모든 상념이 사라지게 하는 마술에 걸린 사람처럼 마냥 물끄러미 쳐다보며 미소를 짓곤 방문을 닫아준다.

일방적인 짝사랑을 마냥 표현할 수도 없고, 명색이 그래도 할아버지인데 체통도 있으니 감정을 자제해야 했다. 어떻게 하면 저 녀석을 내 쪽으로 유인할까 궁리했다.

어느 날 손자가 구슬 한 개를 보여주며 또래 친구에게 받았다고 몹시 좋아하며 자랑했다. 내가 좀 만져보자고 해도 선뜻 내어주기를 싫어했다. 파란 구슬이 신기하고 좋은지 연신 만지작거린다. 마루에 배를 깔고 누워 굴려보고 행여나 잃어버릴까 멀리 굴러간 구슬을 얼른 쫓아가 주워오곤 했다.

구슬에 관한 내 추억은 어릴 적 초등학교 3, 4학년쯤으로 돌아간다. 당시는 고 이승만 대통령 사저인 이화정 근처 한옥주택지에서 살았다. 특별한 놀이문화가 없었던 시절, 그러나 동네에는 늘 아이들이 북적거렸다. 방과 후 간단히 숙제를 끝내면 저녁식사 시간 전까지는 주로 동네아이들과 어울렸다. 나보다 한두 살 위인 아이들이 많았다.

딱지치기, 구슬치기, 자치기 등이 주된 놀이였는데, 그중 한때 '다마치기'가 큰 유행이었다. 다마는 '구슬'을 뜻하는 일본말이다. 유리구슬도 있었지만, 하얀 쇠로 된 구슬이 많았다. 지금 생각하면 자동차 베어링에서 나온 것 같다.

땅바닥에 그려놓은 삼각형 내에 각자 몫의 구슬을 모아 놓고 약 2미터 뒤에서 가위, 바위, 보로 정한 순서대로 자기 구슬을 던진다. 삼각형 내에 있는 구슬을 바깥으로 밀어내면 그것은 자기 몫이 되는 게임이다. 물론 먼저 던지는 사람의 확률이 높을 수밖에 없다.

손에 구슬을 쥐고 "이찌! 니! 상!(하나, 둘, 셋의 일본말)" 놀이도 즐겨했다. 아마도 일본에서 건너온 놀이인 것 같다. 어찌보면 노름의 한 형태이다. 손에 숨겨진 구슬을 3배수로 계산해 남는 것을 상대가 맞추는 게임이다. 둘이 할 수도 있지만 여러 명이 함께 하면 판도 커지고 긴장감도 더해진다. 시간가는 줄 모르고 집 앞 계단 한쪽 구석에 쭈그려 앉아 하는 구슬치기가 너무도 재미있었다. 특히 구슬이 늘어갈 때의 재미는 그렇게 클 수 없다.

간혹 동네 형들 중에는 작은 계란만 한 쇠구슬을 가진 형이 있었다. 큰 구슬은 보스의 상징이었다. 그것이 얼마나 부러운지. 그것은 무기로 치면 최신폭격기나 다름없었다. 그때 얼마나 구슬을 모으고 싶었던가. 학교에서 쉬는 시간이면 구슬을 신발주머니에 가득 들고 나와 노는 아이 곁을 서성이며, 한 개라도 얻고 싶었지만 차마 말하지 못하고 따라다니던 추억이 새삼스럽다.

"그래, 내 손자의 쥐약은 구슬이다"라고 나는 무릎을 쳤다. 그런데 구슬을 어디서 구입할까, 난감했다. 요즘의 마트나 백화점, 장난감 가게에는 없었다. '혹시 초등학교 근처 구멍가게에는 있지 않을까'라는 생각에 변두리 초등학교 앞의 구멍가게를 찾았다. 내 예상이 적중했다. 구슬이 있었다. 5백 원짜리 한 뭉치에 구슬 20개가 들어 있었다. 나는 구슬 100개를 사서 즐거운 표정으로 돌아왔다. 저녁 식사 후 손자를 불렀다.

"너 구슬 몇 개 모았니?"

"두 개요."

"그래, 나도 구슬 모았다."

손자의 눈이 갑자기 휘둥그레졌다.

"정말요? 어디 보아요. 얼른" 하며 조른다. 나는 "보여주기만 한다"며 돌아서서 의미 있는 웃음을 짓고 내 방에 숨겨둔 구슬을 열 개만 가져 나왔다.

손을 펼쳐 구슬을 보여주니 "와! 이거 어디서 구했어요" 하며 손자는 연신 좋아한다. 그냥 내 무릎에 걸터앉아 구슬을 만져보자고 조른다. 나는 못 이기는 척 넘겨준다. "너 줄까?" 하는 말에 "와아!" 하는 손자의 입과 눈은 만화 속의 주인공처럼 커진다. 그리고는 내 뺨에 절로 입을 맞춘다. "오늘 할아버지랑 자면 내일 또 10개가 생길 거야" 했더니 "할아버지, 나 베개 가져올게요!" 하며 쏜살같이 제 방에 들어가 베개와 개구리 인형 등 한 보따리를 싸가지고 내 방으로 온다.

그렇게 그날은 내 침대에서 함께 보냈다. 옛날 얘기도 하고, 서로 얼굴도 만져가며 잤다. 아이의 내음을 맡고 있노라면 온 몸의 세포가 짜릿짜릿해지며 생기가 돌았다.

웃을 일도, 미소 지을 일도 드문 날, 구슬로 얻은 손자와의 하룻밤은 적잖은 행복과 위로가 되었다. 아침에 일어나 구슬 열 개만 챙기고, 얼른 제 부모 방으로 뛰어가는 뒷모습도 큰 웃음을 선물한다. 어릴 적 유리구슬의 추억이 이제는 세상 어떤 것과도 바꿀 수 없는 손자 사랑의 추억으로 이어진다. 행복과 즐거움은 바로 내 주변의 작고 소소한 것에 있었다.

부모가 남기는
보이지 않는 유산

어머니는 아파트 욕조에 몸을 담근 채 심장마비로 돌아가셨다. 슬퍼하는 우리 형제들에게 주위 친지들은 '인간이 태어날 때 어머니의 양수 속에 있다 태어나듯이, 목욕을 하시다 하늘로 가시는 분은 태어난 그대로의 모습으로 돌아가셨기에 축복받은 죽음'이라고 위로했다.

여기저기 노인성 증상으로 불편하시던 어머니가 평소 빈말같이 하시던 말씀이 '자다가 세상을 뜨고 싶다'는 것이었다. 그러나 그게 어디 사람의 뜻대로 되는가. 자존심 강한 어머니는 자식에게는 흉한 모습을 보이기 싫어 그렇게 조용히 돌아가셨다.

장례식은 형제들의 합심으로 순조롭게 치렀다. 장례가 끝난 후 어머니 방을 정리하다가 두 개의 통장을 발견했다. 비상금으로 간직하던 정기적금 통장과 자식들로부터 받은 용돈을 수시로 입출금하던 일반 통장이었다. 어찌된 영문인지 오랫동안 아끼던 패물이나 보석은 하나도 없었다. 자식이 자신의 물건에 관심 갖는 것을 싫어하셨기 때문에 우리는 평소 재산에 대해서 알려고 하지 않았었다. 분명 어떤 사연이 있어 보였지만 그것은 상상일 뿐이다. 예상보다 가지고 계신 현금이 적어 나는 다소 실망도 했다. 역시 자식은 도둑놈이라는 말이 맞는가 보다.

그날 밤, 나는 어머니의 돈을 어떻게 정리할지 생각했다. 아내에게 의견을 물었다. 조금도 망설임 없이 형제 간에 똑같이 나누는 것이 좋다고 했다. N분의 1이라는 것이다. 나는 액수가 중요한 것이 아니라, 그동안 20년 이상을 모시고 살았는데 적어도 절반은 장남인 내가 갖고, 나머지를 나누는 것이 상식일 것 같다고 되물었다. 그간 마음고생을 많이 했을 아내에 대한 작은 배려라고 생각했다.

아내는 형제 간에 불편하면 자신이 그간 했던 일이 정말 의미가 없다고 진정으로 반대했다. 정말 고마웠다. 나의 맏이 노릇을 편하게 하게 해주어 참 고마웠다. 나는 아내에게 살아생전 어머니 말씀을 전하며 그간의 고생을 위로했다.

"언젠가 해외 여행을 가는 나에게 1백 달러를 경비로 쓰라고 주셨어. 그때 돈이 늘 없다고 하셨으면서. 그래서 내가 '통장에는 돈이

도대체 얼마나 있어요?' 하고 물었지. 그랬더니 '알 것 없다. 조금 있는 거 욕심내지 마라. 내가 다 쓰고 갈 거다' 그러시잖아. 그래서 '물론 그래야지요. 그래도 사람이 내일 일을 모르니까 나한테 말은 해야지요'라고 했지. 그러니까 '걱정도 팔자네. 큰며느리에게 주면 주었지. 너는 아예 신경도 쓰지 마라 하시며 자네만 생각하더라고."

물론 그런 대화가 어머니 유언이 될 수는 없지만, 아내에게 어머니가 고마워했다는 것을 알려주고 싶었다.

49제가 끝난 후 우리 집에 오형제 부부들이 모두 모였다. 장남으로써 '모두 수고했다'는 덕담과 함께 어머니 유산을 나누겠다고 하자 순간 모두들 긴장하는 듯 보였다.

"어머니가 남긴 이 돈을 평소 어떻게 쓰라는 말씀은 없었지만, 내 생각으로는 우리 남자 형제들은 별로 예쁘게 한 건 없으니까 주고 싶지 않았을 거야. 아마도 딸과 제수씨들 그리고 너희 형수에게 똑같이 주시고 싶었을 거야."

이렇게 서두를 떼고 동생들에게 "이의가 없겠지" 하고 물었다. 그러곤 일사천리로 진행했다. 적금통장에서 찾은 돈을 5분의 1로 나누어 준비한 현금 봉투를 건네며 어머니 대신 우리 집 며느리 모두에게 "그간 시집와서 수고 많았습니다. 감사합니다"라고 인사했다. 모두 아무 말이 없었다. 그러나 모두 행복해하고 자랑스러운 표정이었다. 적은 돈 봉투이지만 딸에게는 어머니의 사랑을, 며느리에게는 화해의 선물이 되었다. 아홉 명의 손자들에게도 할머니와 좋은 추억을 간직해달라는 당부와 함께 일반 통장의 적은 액수를 똑같이 나누었다. 그 후 우리 형제들은 더욱 서로를 배려하게 되었다. 어머니의 적은 유산이 우리 형제를 더 가깝게 했다.

어렸을 때 우리 집은 늘 고향 사람들로 북적거렸다. 아버지는 시골에서 올라온 친척들에게 아낌없이 정을 베푸셨다. 힘든 뒷바라지에 가끔은 불평을 하신 어머니도 기꺼이 감당을 하셨다.

아버지가 돌아가신 후 10여 년이 지난 어느 날, 나는 갑자기 집안문제로 큰돈이 필요한 적이 있었다. 마감 시간까지는 부동산을 처분해 준비하기에는 시간이 너무 촉박하고, 은행 담보대출로는 필요한 돈의 절반도 되지 않았다. 주위를 둘러봐도 큰돈을 빌릴 데가 없어 매우 난감했었다. 어디에도 기댈 데가 없었다. 마지막으로 사업하던 친척 어른께 용기를 내어 찾아갔다.

나의 사정을 들은 그 어른은 잠시 생각에 잠기더니 "그냥은 못 빌려주네, 차용증 한 장은 써야지" 하며 종이 한 장과 펜을 내놓았다. 그러고는 바로 함께 은행에 가서 돈을 찾아 건네주었다.

나는 지금까지도 그때의 고마움을 잊지 못하고 있다. 자식도 아닌 나를 믿고 차용증 종이 한 장만을 담보로 작은 빌딩 한 채 값이 되

는 큰돈을 빌려준다는 것이 얼마나 어려운 결정인 줄은 나이든 후에
야 경험으로 알게 되었다. 그때 처음, 차용증이라는 서식도 알았다.
그만큼 세상물정을 몰랐던 때였다.

다행히 몇 달 후 돈을 갚을 수 있게 되었다. 원금과 함께 적은 이
자를 건넸으나 끝내 이자는 받지 않으면서 "돌아가신 자네 부친에게
진 빚을 이제 조금 갚은 걸세"라고 하지 않는가. 그것이 아버지가 나
에게 남겨주신 큰 유산이었다. 한때는 오래된 로얄 레코드 중고 자동
차 한 대와 어머니, 그리고 결혼 안 한 막내 동생만 내게 맡기고 돌아
가신 것이 섭섭했는데 그렇게 한 방에 역전시킨 아버지였다.

우리 형제들은 수시로 함께 식사를 하며 부모님에 대한 지난 추
억을 이야기한다. 부모님은 당시 어려운 시절임에도 불구하고 우리
오형제를 모두 대학까지 공부시키셨다. 우리에게 가장 귀한 '교육 유
산'을 남기셨다. 물질적인 유산 대신 우리 모두에게 '독립심과 자립
심'이라는 큰 유산도 주셨다. 외롭지 않게 좋은 일이든 궂은 일이든
서로 위로하고 격려하며 살 수 있도록 '형제 유산'도 주셨다.

무엇보다도, 평소 이웃에게 덕을 많이 쌓으면 자식이 더 큰 덕을
입는다는 것을 가르쳐주셨다. 우리가 자식들에게 남겨야 할 유산은
진정 물질이 아니라 삶의 진실이라는 것을 새삼 깨닫는다.

단 하나뿐인
나의 여동생에게

지난 여름 명예퇴직 결정을 한 후 제일 먼저 선택한 여행지가 미국에 사는 여동생 집이었다. 여동생은 자신의 병 치료와 스탠포드 대학에 다니는 큰 아들과 함께 살기 위해 일 년 전 샌프란시스코 근교 실리콘 벨리의 사리토가(Saritoga)로 이사했다. 동생의 병이 몹시 궁금하고 퇴직 후 새로운 나의 삶도 구상할 겸 새로 이사 간 동생 집을 방문했다. 한국에서도 그렇지만 미국에서, 특히 집값이 떨어진 상태에서 이사 결정은 말처럼 쉽지 않은 일이다.

공항에서 마주친 여동생의 얼굴은 새하얀 보름달이었다. 복용 중인 스테로이드 부작용으로 인한 문 페이스(moon face)임을 나는 금방 알아차렸다. 왜소한 체격에 얼굴만 살이 찐 모습으로 오십이 훌쩍 넘은 여동생이 다가와 "오빠" 하며 품에 안길 때, 나는 절로 눈가가 촉촉해졌다.

몇 년 만에 내가 오빠라는 말을 들어보는가. 요즘 젊은 아내가 남편을 부를 때의 그런 가짜 오빠가 아닌 나는 진짜 오빠다. 갑자기 목울대에 울컥 뜨거움이 차올랐다. 측은하고 애틋한 마음을 나는 애써 감춰보려고 괜히 말을 돌려 한다.

"생각보다 얼굴이 좋네, 다 죽어가는 줄 알았구만."

"참 오빠두……."

여동생은 늘 그런 오빠들만 보고 자랐다.

공항에서 집으로 가는 내내 여동생은 내 건강과 서울 사는 형제들의 안부만 물었다. 자신이 나이가 들고 환자이다 보니 더욱 서울에 사는 가족들의 건강이 걱정되는 모양이었다. 나는 화제를 바꾸려고 운전하는 동생 남편에게 말을 붙였다.

"박 서방, 담배 아직도 피우나?"

"네."

"그것 참…… 미국 직장생활에서 담배 피우면서도 안 잘리고 오래 버티네."

"형님, 전 재택근무하고 있잖아요."

걱정 말라는 표정이다.

"아, 그래, 그래서 오래 버티나?"

그저 동생을 잘 보살펴주는 그가 고마울 뿐이다.

창가 풍경은 미국 어느 마을에서 보는 그림과 같았다. 사막에 세운 도시라 그런지 따가운 햇살에 길거리를 걷는 사람은 찾기 힘들었다. 그러나 왠지 늘 맘에 품었던 고향을 찾는 것처럼 편하고 익숙해 보였다.

하나뿐인 여동생의 병은 희귀한 질환인 다카야쓰(Takayasu)씨 병이다. 2년 전 처음 소식을 들었을 때 의사인 내게도 생소한 병이었다. 문헌을 찾아보고도 잘 이해가 되지 않아 심장내과 전문의에게 문의했지만 교과서적인 답변만 들었을 뿐이다. 이 병은 원인을 모르는 일종의 자가면역성 질환이다. 주로 대동맥 등 동맥에 염증과 협착이 생기는 병이다. 혈류량이 감소하면서 점차 신체기관의 기능이 소실된다. 침범하는 동맥부위에 따라 부정맥, 고혈압, 현기증, 피로, 관절통, 발열, 체중감소, 뇌졸중 등의 다양한 증상이 나타날 수 있다. 일본인 안과의사가 처음 발견했다고 하여 그의 이름을 딴 질환이다. 그래서 병 이름도 기억하기가 어렵다.

직장생활에 한창 바쁘던 젊은 시절, 나는 여동생이 미국이란 외딴 곳에 살며 홀로 감내해온 결혼생활의 고충과 외로움을 잘 몰랐다. 아니 관심이 없었다는 말이 옳을 것이다. 여동생은 미국 이민생활이 올해로 25년째다. 그곳에서 두 아이를 출산하는 동안 친정의 뒷바라지도 받지 못했을 뿐더러 힘들고 아플 때도 부모, 형제 없이 고비를 넘어왔다.

그런 이민생활에서 고생을 끝내고 이제 살만한 집을 장만해 큰 아들도 대학에 보내고 한숨 돌리려 할 때 희귀한 병이 발견된 것이다. 아내는 아기 낳을 때 뒷바라지도 못 받고 타국에서 사느라 힘들어서 걸린 병이라고 안타까워했다. 나는 딱히 아니라고 하지 못했다. 뚜렷한 치료법이 없는 병이라는 것이 못내 가슴 아리다.

동생은 캘리포니아 산타바바라에서 살았는데 약 7, 8년 전부터 몸이 쇠약해지면서 가슴통증과 어깨통증에 시달렸다. 여러 병원에 다녔지만 그저 막연한 여러 진단명만 얻었고 증상은 좋았다, 나빴다를 반복했다. 심지어 만성 스트레스로 인한 우울증으로 진단되기도 했다. 통증이 있을 때마다 온갖 검사를 받았지만 그만큼 진단이 쉽지 않은 질환인 것이다. 경미한 졸도 증상이 있고 나서야 이 질환을 의심받았고 일 년 전 현재의 주치의에게 자문 의뢰했다. 그 병의 국제적인 전문가인 스탠포드대학 병원의 여의사를 만난 것이 그나마 다행이었다.

내 여동생은 넷째로 태어나 남자형제들 틈에서 부대끼며 자랐다. 사춘기에도 편히 대화할 사람이 없이 모든 면에서 손해를 보고 살았다. 그래도 혼자서 큰 혼란 없이 자기 몫을 성실히 감당하면서 성장했다. 어려운 시절, 대학 4년간을 장학생으로 다니던 동생은 같은 전공의 남학생과 연애했고 그게 지금의 남편이다.

여동생은 아버지께서 돌아가시기 3개월 전에 결혼을 했다. 그리고 남편이 미국에서 대학을 졸업하고 유학을 마치고 직장을 얻을 때까지 서울에서 2년쯤 홀로 첫 아이를 키우면서 기다렸다. 당시 시집은 물론 친정에도 얼마나 눈치가 보였을지 지금에야 짐작이 간다.

우여곡절 끝에 두 살 된 어린 아들과 함께 미국으로 날아가 낯선 이민생활을 시작했으니 얼마나 힘들고 외로웠을까. 그래도 자신이 선택한 결혼이니 걱정을 끼치지 않으려고 불평 한마디 없이 늘 좋은 소식만 전하고, 크리스마스 때면 내가 좋아하던 미제 새알 초콜릿을 보내는 것도 잊지 않았다.

어느덧 아버지가 돌아가신 후 나도 모르게 친정 아버지와 같은 마음이 들어 '많이 먹어라, 아프지 마라, 적당히 하고 살아라' 잔소리를 하게 된다. 여동생은 25년 넘게 미국에 살고 있어도 아이들을 가르치고 내조하는 것이 매우 한국적이다. 동생 집에 있노라면 시계가 거꾸로 가 있는 것 같다. 나는 잠자리가 바뀌면 잘 못자는 성격인데 여동생 집은 참 편안하다. 음식도 내 입에 맞다. 서툰 한국어이지만 인사가 반듯한 조카들을 보면 요즘 서울에서도 보기 힘든 예의범절에 고마운 마음이 든다.

어느 날 오후, 여동생이 구경도 할 겸 시내에 함께 가자고 했다. 시내 중심가라고 해도 100여 미터 양 길가에 단층으로 된 상점들만 있는 곳이었다. 스타벅스 커피숍에 들어갔다. 밖이 보이는 창가에 앉으니 이름 모를 나무에 활짝 핀 짙은 노란 꽃이 시선을 끈다.

"오빠, 이제 마음 편히 언니랑 행복하게 살아."

"언제는 마음 안 편했니, 너나 잘 살아라."

"오빠, 술 담배 그만하고 건강 챙겨!"

잔소리 아닌 잔소리가 이어진다. 나는 "사돈 남 말하네" 하며 내뱉지만 "오빠"하며 정답게 부르는 소리에 남동생들에게서 느낄 수 없는 또 다른 다정함과 혈육의 정을 느낀다.

"이번에 와서 너희들 이사 온 집을 보니 그래도 마음이 놓인다. 무엇보다도 그 질환만 전문으로 보는 의사가 네 주치의라는 게 마음 든든하고. 박 서방도 열심이고, 아이들도 모두 반듯하고 제 몫을 다하고 있는 것을 보니 네 투병이 외롭지 않겠어."

나는 준비해간 작은 돈 봉투를 여동생에게 건넸다.

"아니야, 오빠 나 돈 있어."

손사래를 치는 동생 손에 억지로 쥐어준다.

"알아, 오빠 돈은 친정 돈이야. 적은 돈이다. 그냥 갖고 있다가 네가 하고 싶은 것에 써라. 내가 편해지려고 주는 거야."

그리고는 대답도 듣지 않고 나는 자리를 일어섰다. 정말 그래야 내 마음이 편해질 것 같았다. 이번에 퇴직금을 받았을 때 마음을 전하지 않으면, 어쩌면 주고 싶어도 현실이 따르지 못할 것을 알기 때문이다. 지난 세월 소홀했던 마음의 빚을 조금이라도 갚고 싶었다.

돌아오는 차 안, 내가 노래를 직접 불러 만든 음악 CD가 흘러나온다.

"한번씩 오빠 목소리를 들으면 곁에 있는 것 같더라."

나는 괜스레 "무드 잡지 마라"하며 얼굴을 돌린다. 그러나 속으로는, 여동생이 내 목소리를 들으며 힘을 내기를, 언제나 곁에 오빠가 있음을 잊지 않고 용기를 갖기를 간절히 바랐다. 지금처럼 오래 이렇게 가까이서 볼 수 있기를 기도했다.

점점 어머니를 닮아가는 모습, 아내에게서 맛볼 수 없는 어릴 적 어머니 음식 맛을 이어가는 여동생을 보며 또 다른 어머니의 모습을 느꼈다. 서울에 있는 우리가 잊어버리고 있는 우리 옛 가정의 모습들, 가장의 헌신적인 가족 책임, 남편과 자식을 향한 말없는 희생, 아이들의 효성, 힘들고 바쁜 일상에서도 큰소리 내고 불평하지 않고 서로 도우며 각자 몫을 묵묵히 다 하는 모습을 보았다. 전통적인 우리 가정의 미덕이 미국의 이민가정, 여동생의 집, 그곳에 한국 시계를 멈추고 고스란히 담아두고 있었다.

팬티만 입고 거실에서 텔레비전을 볼 수 있는 곳은 내 집 빼고 딱 한 곳, 남동생 집도 아니고 아들 딸 집도 아닌 여동생 집뿐이다.
남아 있는 여생, 시집 간 여동생에게 평생 친정으로 남고 싶다.

숨을 크게 들이쉬고 눈을 감은 채 최근에 행복했던 장면들을 떠올려본다. 술 마신 다음 날 얼큰한 콩나물국밥이 아침상에 올라왔을 때, 엘리베이터 안에서 엄마 등에 업힌 두 살배기 아이와 눈맞춤할 때, 은행의 통장정리 통보로 잊고 있던 공돈이 생겼을 때, '아빠, 오늘 내가 점심 살게' 하는 딸의 전화를 받을 때, 첫 순으로 만든 지리산 녹차를 택배로 받았을 때…… 일상에 보석처럼 박혀 있는 작은 즐거움을 누리는 것, 이게 진정한 행복이 아닐까.

마음 부자는
작은 즐거움을 만끽한다

직장에 다니던 딸이 어느 날 생뚱맞게 내게 물어왔다.

"아빠는 왜 사세요?"

직장일이 힘든지 아니면 말 못 할 스트레스가 있는지 느닷없는 질문에 약간은 당황스럽기도 했다.

"음…… 행복하려고 살지!"

딸이 곧바로 또 묻는다.

"언제 행복을 느껴요?"

나는 조용히 눈을 감아본다.

'언제 행복했을까…….'

지난 시간을 더듬어보았다.

내가 교수가 되었을 때, 새 차를 샀을 때, 아니 큰 상을 받았을 때, 처음 집을 장만했을 때…… 그 순간 기뻤지만 행복했다고 말하기는 어렵다. 지위와 돈은 살아가는 데 중요하지만 행복한 삶의 절대적 기준은 분명 아닌 것 같다. 물질적인 만족은 아주 짧으며, 그것을 쫓을수록 걱정은 더 많아진다. '천석꾼은 천 가지 걱정, 만석꾼은 만 가지 걱정'이라는 속담도 있지 않은가. 세상 갑부들의 정신적 고통과 황폐화를 나는 직접 보고 경험하지 않았던가. 숨을 크게 들이쉬고 눈을 감은 채 최근에 행복했던 장면들을 떠올리며 중얼거렸다.

술에 취해 밤 12시가 넘어 들어온 다음 날 아침, 얼큰한 콩나물 국밥이 아침상에 올라왔을 때, 입원치료를 받았던 환자가 10년 만에 보내준 뜻밖의 감사 크리스마스카드를 받았을 때, 일요일 아침 아내와 종로 어느 빵집에서 조조 1천 원짜리 내린 커피 한 잔과 갓 구운 바게트 빵을 먹을 때, 엘리베이터 안에서 젊은 엄마 등에 업힌 두 살배기 아이와 눈맞춤할 때, 은행의 통장정리 통보로 잊고 있던 공돈 백만 원이 생겼을 때, 비행기 터미널 입구에서 조용히 책을 읽고 있는 아내를 볼 때, 길가에 핀 들꽃과 야생화도 소중히 여기는 사람과 함께 걸을 때, 킬리만자로 산 정상에서 서울서 가져간 캔 커피를 마실 때, 비오는 주말, 아내가 부추 전에 와인 한 잔을 건네줄 때, 주말에 데려온 손자와 한 침대에서 발바닥 크기를 잴 때, 산티아고 가는 길 8백 킬로미터 여정의 마지막 알베르게(순례자를 위한 숙소) 관리인이 우리 부부를 미소로 맞이하며 "안녕하십니까" 하고 서툰 한국말로 인사할 때, 그리고 오늘만큼은 편히 쉬라고 8인실 침대 방에 우리 부부만 배당을 해줄 때. 그때 나는 참 행복했다.

아파트 엘리베이터에서 마주친 이웃이 먼저 다정한 눈인사를 해올 때, 모르는 여성이 잘못 건 핸드폰 전화에 미안해하며 사과할 때, 친구에게 손해를 보고도 내색하지 않던 친구의 속 깊음을 알았을 때, 나이 든 척하지 않는 70대의 헬스장 회원이 먼저 인사를 건넬 때, 퇴근 시 지하철을 타자마자 다음 역에서 앉아 있는 사람이 내릴 때, 꼬마 녀석이 엄마 손을 잡고 좋아서 까불며 걷는 모습을 볼 때, 딸로부터 '아빠, 오늘 내가 점심 살게' 하는 전화를 받을 때, 봄바람에 벚꽃이 눈처럼 떨어지는 길을 걸을 때, 올해도 첫 순으로 만든 지리산 녹차를 택배로 받았을 때. 그때 나는 참 즐거웠다.

이처럼 일상에서 소소한 즐거움을 느끼는 일은 매우 중요하다. 즐거움은 우리의 몸과 마음의 고통을 보상해준다. 오감을 통해 즐거움이 뇌에 전달되면 자동적으로 스트레스 반응의 열을 식히는 효과가 있다. 직접 보고, 듣고, 말하고, 맛보고, 깨어있는 의식으로 즐거움은 느껴진다.

각자 자기만의 즐거움을 찾아야 한다. 자신의 행복에 미안해하거나 수치심을 느낄 필요가 없다.

스트레스가 많은 날, 나는 나만의 즐거움을 찾으려고 집중한다. 아침에 잠에서 깨어난 뒤 신선한 토마토 주스 한 잔의 상쾌함을 즐긴다. 식탁에서 엔니오 모리꼬네가 연주한 영화 〈미션〉의 삽입곡, 〈가브리엘의 오보에(Gabriel's oboe)〉를 감상하며 아침 신문의 인쇄 향을 맡는다. 그리고 내린 커피 한 잔으로 하루 일과를 시작한다. 점심 식사 후는 20분간 낮잠, 저녁에는 사우나와 따끈한 목욕으로 몸을 달래는 일로 기분전환을 한다. 매주 수요일 오후의 오일 마사지도 손꼽아 기다리는 즐거움이다. 비바람 부는 저녁에는 바깥풍경을 볼 수 있는 주점 '봄날'의 막걸리 한 잔에도 투자한다.

그렇게 즐거움은 찾는 것이고 만들어나가는 것이다. 그래야 일상에서 위로를 받는다. 강한 자극이 주는 즐거움이나 어느 것에 탐닉함으로써 느끼는 즐거움과 다르다. 소소한 즐거움을 찾아 누리자. 스스로를 편안하고 차분하게 만들면서 좋은 느낌을 유지하려는 의식적인 노력도 필요하다. 그것이 곧 내가 살아 있음을 느끼는 일이다.

사랑하는 윤미야! 파울로 코엘료가 말했다. '행복이란 사막의 모래 알갱이 하나에서도 발견할 수 있다'고. '행복은 목적지가 아니라 살아가는 한 방법'이라고. 그러기에 작고 사소한 일에도 의미를 찾으면 즐거움은 매순간 도처에 널려 있다는 것을 잊지 말아라.

흔히 세상에서 성공했다는 사람들, 자신의 일에서 부와 명예를 얻었다고 자랑하는 사람들이 어쩌면 시간과 돈에 얽매어 스스로 노예처럼 살고 있지는 않은지 씁쓸하다. 누구나 보편적으로 추구하는 가치와 미덕을 자신의 삶에 실현시키며, 일상에 보석처럼 박혀 있는 작은 즐거움들을 찾아 만끽하는 게 진정한 행복이 아닐까.

이해인 수녀의 '저울에 행복을 달면'이란 시구가 나를 행복하게 한다. '불행과 행복이 반반이면 저울이 움직이지 않지만, 불행 49% 행복 51%면 저울이 행복 쪽으로 기울게 됩니다.' 행복의 조건에는 이처럼 많은 것이 필요 없다. 그저 1%만 더 가지면 행복한 것이다.

딸과 함께 보낸
1박 2일의 마음챙김

외손녀가 거실에 놓여 있는 사진액자를 들고 와서 딸에게 집요하게 묻는다. 딸이 초등학교 시절 아랫동생인 아들과 함께 놀이공원에 놀러가서 찍은 사진이다. 둘 다 표정이 너무 귀여워 아내가 가장 소중하게 아끼는 추억어린 사진이다. 손녀가 묻는다.

"엄마, 나는 어디 있어? 왜 나는 없어?"

"그때는 네가 태어나기 전이야."

"그럼 엄마 뱃속에 있었어?"

"아니, 먼 하늘에 있었어."

"하늘에서 내가 어떻게 왔어?"

딸이 더는 적당한 대답 거리를 못 찾겠는지 머뭇거리다가 "애가 왜 이리 오늘 말이 많니” 하며 화장실로 들어가버린다.

조근조근 두 모녀가 나누는 대화가 내게 들려왔다. 내 딸이 이제 진정 한 아이의 어미가 되었다는 것이 기특하면서도 가슴으로 선뜻 받아들여지지 않는 것은 왜일까?

얼마 후 아내가 준비한 저녁상에 딸과 손녀도 함께 모여 앉았다. 이제 못하는 말이 없는 손녀가 계속 수저 대신 손으로 반찬을 헤치며 집어든다. 보다 못한 내가 “나이가 몇 살인데 아직 손으로 먹니, 그러면 미개인이야. 네 엄마는 네 나이에 젓가락질을 했어”라고 못마땅한 표정으로 지적했다. 순간 아차 싶었다. 또 마음 상할 만한 말을 내뱉고야 말았다.

아이는 입을 잠시 실룩거리더니 그만 울음을 터뜨렸다. 그리고 딸의 품에 머리를 박고 서럽게 운다. 딸이 당황하며 달랬지만 더욱 소리 내어 울었다. 딸은 민망한지 얼른 손녀를 데리고 방으로 들어간다. 이내 타이르고 달래는 소리가 들린다.

“할아버지가 미란이 미워서 그런 게 아니고, 너를 가르치시는 거야. 엄마도 어릴 적에 식탁에서 손으로 먹으면 야단맞았어.”

옆의 아내가 내게 한마디 한다.

“부모가 있는데 할아버지가 왜 감 놔라 배 놔라 간섭해요? 괜히 손녀한테 잘해주고 인심만 잃어버리잖아요.”

울음을 그친 손녀를 달래 데리고 나온 딸도 섭섭했는지 “아빠,

미란이는 아직 만 다섯 살이에요. 제가 잘 가르칠게요"라며 제 딸 편을 든다. 손녀는 여전히 응원군을 의식하는지 토라져 있다.

그렇다고 선선히 물러설 내가 아니다.

"요즘 젊은 부모는 자기 자식들에게 너무 허용적이야. 그러니 아이들이 자기중심적이고 일방적이지. 공동체 의식은 세 살부터 가르쳐야 되는데 애는 곧 여섯 살이 되지 않니? 나무가 깊게 뿌리를 내리려면 따뜻한 햇살도 필요하지만 비바람 맞고 추운 밤도 지나야 돼. 그래야 나무가 곧고 단단하게 자라는 거야."

내친 김에 계속한다.

"아버지, 엄마, 할아버지, 할머니 각자의 역할과 관계가 골고루 어우러져야 된다는 거야. 세상을 혼자 사는 게 아니니 양보와 타협을 할 수 있는 훈련과 지혜가 필요한 법이다. 아이들에게 최초의 공동체 훈련은 가족들과 함께하는 식탁에 앉으면서부터 시작하는 거고."

아내는 이번에도 그냥 지나가지 않는다.

"당신은 말은 잘해, 윤미야, 그렇지?"

그러나 딸은 내 체면을 세워준다.

"아빠 말이 맞아요. 제가 잘못 생각 했어요."

나도 어쩌면 손녀와 다를 바가 없다. 손녀는 우리 내외가 딸과 다정히 이야기를 하려 하면 방해를 놓는다. 아니 미운 짓을 골라서

한다. 사랑의 독점대상인 내 딸의 마음이 자신에게보다 우리에게 향하는 것에 질시와 경쟁의식이 생기기 때문이다. 나 역시 손녀와 같다. 내 딸과 사이의 방해꾼인 손녀와 라이벌의식이 있기 때문이다. 아직 딸과의 무의식적인 오이디푸스 콤플렉스가 해결되지 못한 탓일까.

그런 일이 있었던 그 주 주말에 손녀가 시집에서 하룻밤을 보내고 온다고 한다. 딸이 다가와 묻는다.

"나, 1박 2일 프리인데, 아빠 주말 스케줄 어떠세요?"

말이 떨어지기 무섭게 나는 신이 나서 말했다.

"당연히 함께 보내야지. 1박 2일 동안 뭐 할까? 그래, 우선 오랜만에 영화 한 편부터 보자."

나는 주말 상영 영화 제목을 인터넷에서 찾아 아내와 딸에게 줄줄이 읊었다.

"어둡고 무서운 것은 싫은데."

아내가 선을 긋더니, 눈치를 보며 말한다.

"아빠는 힙합 나오는 댄스 영화는 싫지? 그건 젊은애들 취향이니까……."

"아니 괜찮아, 오랜만에 젊은이들 영화 보는 것도 좋아."

결국 〈스텝업4: 레볼루션〉 이란 헐리웃 멜로 영화를 보기로 합의했다. 스콧 스피어 감독에 라이언 구즈먼, 캐서린 맥코믹이 주연한 댄스그룹 스토리다.

우리는 바로 실행하는 가족이다. 극장으로 차를 내몰았다. 운 좋게 다음 상영시간이 15분 후에 있었다. 예전같이 딸을 가운데 자리에 앉혔다. 나는 기다리는 시간이 지루해 아래층으로 내려가 팝콘과 콜라를 사왔다.

"옛날에는 그렇게 사달라고 해도 건강에 안 좋다는 핑계로 안 사주더니 당신이 변했어요" 하며 아내가 시비 아닌 시비를 건다.

"그때는 자식 교육이고, 이제 윤미는 내게 귀한 손님이야. 내 여인숙에 찾아와 하룻밤 묵고 가는 손님이니까 잘 대접해야지. 왔다가 가는 여러 손님 중 한 명이지만 제일 의미 있고 소중한 손님이잖아."

"말도 잘 갖다 붙이네" 하며 아내는 입을 실룩거린다. 싫지 않은지 두 모녀는 연신 한주먹씩 팝콘을 움켜쥐고 다이어트를 잊은 채 맛있게 먹는다.

영화 감상 후 애프터 장소로 창문이 예쁜 일본식 퓨전 레스토랑을 잡았다. 사나운 태풍이 지나간 서울의 초저녁 공기는 서늘한 가을이었다. 창을 통해 은은한 일몰을 바라보며 목에 수술 자국이 난 두 여인과 함께 저녁자리를 했다.

아내는 3년 전에 갑상선암 수술을 받았다. 그리고 최근에는 딸이 갑상선암 수술을 받았다. 사위의 장기 미국연수 출발 전에 시행한 건강검진에서 우연히 갑상선암이 발견된 것이다. 그간 남편 공부 뒷바라지에 경제적 가장 노릇을 하느라고 지친 딸에게 이번 해외연수 기회는 크나큰 위로와 휴식이 되리라 기대했던 내게 참 안타까운 소식이었다.

아내를 수술했던 장항석 교수의 도움으로 다행히 빠른 수술 날짜를 잡고 돌아오는 차 안에서 그간 아무런 내색을 하지 않던 아내가 말을 꺼낸다.

"왜 저런 젊은 나이에 암이 와요? 유전인 거예요, 아니면 그간 일을 너무 힘들게 많이 해서 그런 거예요?"

"자기 팔자지. 왜, 일과 관련시켜. 그러면 밤늦게 일하는 사람 모두 암에 걸리게?"

툭 내뱉는 내 심사 역시 편치 않았다. 내가 할 수 있는 일은 딸의 치료가 잘 끝나기를 바랄 뿐이었다.

수술을 받고 며칠 후, 사위는 예정대로 먼저 출국했고, 치료와 몸조리를 위해 딸은 출발을 한 달 뒤로 연기했다. 큰 가방을 들고 손녀와 함께 몸을 추스르기 위해 우리 집으로 들어왔다. 딸의 수술은 가슴 아픈 일이지만 생각지도 않게 한 달간 우리 내외와 함께 생활한다는 것은 내게 큰 보너스이기도 했다.

하루가 다르게 회복되는 딸의 얼굴을 보는 안도감, 아침이면 "아빠, 잘 주무셨어요" 하는 딸의 인사를 받는 즐거움, 실로 몇 년 만에 들어보는가. 내게 딸은 아직도 결혼 전 어릴 적 모습과 추억으로만 채워져 있었다. 시집식구가 되고, 아이 엄마가 되었다는 걸 진정 받아들이지 못하고 있는 욕심 많은 애비인 것이다. 시집 간 딸을 우리 집에서 편하게 볼 수 있다는 그 사실만으로도 나는 마냥 좋았다.

아침이면 사자머리로 풀어 헤치고, 한쪽 가슴을 드러낸 채 방에서 나와 아직 잠에 취한 눈으로 화장실로 가는 서른이 훨씬 넘은 딸. 시집가기 전에는 그런 모습을 보면 바로 나무랐던 나였지만 이제는 그런 내 딸의 모습이 그냥 좋다.

저녁에 가족이 한 자리에 모여 술잔을 나누었다. 모녀가 흉보는 나의 지난 에피소드, 모두가 내게는 안줏감이었다. 취기가 더 이상 오르기 전에 딸에게 하고 싶었던 얘기를 꺼냈다. 아직도 너에게 두고 두고 주고 싶은 사랑이 많다고…….

언제 다시 친정집에서 한가로이 한 달씩 있다 가겠는가. 그런 기회가 두 번 다시 오기 힘들다는 것도 알지만 나는 정 떼기가 힘들기 전에 헤어지고 싶었다. 아니 공항에서 딸을 떠나보내고 집으로 돌아와 왠지 서성일 내 모습을 상상하니 울컥했다. 이제 손녀를 시샘하지 않는 진짜 할아버지가 되고 싶었다. 딸도 편하게 시집식구가 되도록 도와주고 싶었다.

"윤미야, 이제 2주 후면 시카고로 들어가지? 이번에 너랑 마지막까지 함께 있으면서 좋은 시간, 좋은 추억 갖는 것도 좋겠지만 아직은 좀 남겨두자. 이번에 다 쓰고 나면 허전하지 않겠니. 사랑도 아끼고 싶다."

나는 드문드문 가슴 한 편에 묻어두었던 것들을 표현했다. 보통 아버지들은 아들보다 더 큰 연민으로 시집간 딸을 늘 지켜보고 있다고. 그러니 세상을 외로워하거나 두려워하지 말고 당당하고 열심히 살라고. 내 당부에 딸이 눈물을 훔친다. 어쩌면 자기가 떠나기 전에 내가 먼저 어디론가 가려는 마음을 읽은 것 같았다.

"너한테 내어줄 내 사랑은 물질적인 게 아니야. 내 성공한 모습이나 화려한 모습도 아니고. 인생이란 살만한 것이라는 것을 보여주고 싶은 거야. 나이가 들어도, 힘들어도, 늘 희망과 꿈의 끈을 놓지 않고, 날마다 새롭게 진화하려는 에너지를 보여주고 싶은 거지."

어느덧 나에게는 지난 시간을 뒤돌아보면 우울하고 후회되는 일만 남아 있고, 앞으로 남은 긴 여생을 생각하면 막연한 불안이 느껴진다. 자연히 현재가 더욱 중요할 수밖에 없다. 지금의 나를 있는 그대로 인정하고 받아들여야 할 이유이다. 그러므로 나를 더욱 사랑하고 위로하고 돌보아야 한다.

가장이란 오랜 타이틀을 잠시 내려두고 잠시 내게 즐거움과 의미가 함께 하는 일을 찾고 싶었다. 그러기 위해 몇 가지 준비가 필요했다. 그리고 아내에게도 정말 긴 방학을 주고 싶었다. 여태껏 의무와 책임 속에서 살아온 아내도 늦기 전에 자신만을 위한 시간을 가져야 한다. 내가 먼저 선택한 것은 단기 해외 어학연수였다. 단기간에 집중 훈련받는 프로그램이다. 아침 명상과 채식 위주의 식사도 나온다고 하니 건강을 위해서도 금상첨화 아닌가.

선물처럼 주어진 1박 2일이 끝나가는 날 늦은 오후, 두 모녀는 어학연수를 떠나는 나를 배웅했다. 내 팔을 잡고 무드 잡는 딸에게 "남은 시간, 엄마랑 좋은 시간 보내고, 미국 가서는 남편 뒷바라지 잘 해라. 그리고 네 건강은 네가 책임지는 거야"라는 말을 남기고 나는 뒤도 돌아보지 않고 입국장으로 들어갔다.

딸은 이런 내 모습이 나의 사랑의 표현이라는 것을 안다. 애써 눈물을 참는 것도 안다. 나도 입국장 문이 닫힐 때까지 딸이 손을 흔들고 있다는 것을 안다.

이 세상을 살아가면서 네가 태어난 것이 축복이었다고 나의 딸에게 말해주고 싶다. 나이가 들면 연륜과 지혜가 쌓이는 행복을 느낄 수 있고, 병을 인정하면 잘못된 습관을 고칠 수 있다는 것을 알려주고 싶다. 나아가 언젠가 죽음이 있기에 오늘의 삶이 열정적이어야 한다는 것을 몸으로 보여주고 싶다. 그것이 남은 생의 애프터서비스다.

ⓒ이홍식

설산을 바라보며 다시 나를 돌아본다. 다람쥐 쳇바퀴 돌듯이 한걸음도 나아가지 못하는 나를. 지금까지 그렇게 열심히 산 듯했지만 왜 이 순간 다람쥐로 보일까. 나는 간절히 바란다. 무슨 일을 하고 어떤 역할을 해내고 있는가에 연연해하는 그런 사람이 나는 되고 싶지 않다. 나라는 존재 자체가 먼저이고 기본이라는 것을 아는 사람이 나는 되고 싶다.

나는 변하고 싶다

나는 변화를 좋아한다. 어쩌면 변화의 긴장감과 기대를 즐긴다는 것이 옳을 것이다. 겉으로는 열심히 사는 것 같지만 안을 들여다보면 적잖이 자신을 들볶으며 산다. 아내는 그렇게 정신없이 시간을 보내는 나에게 늘 불만이 많다. 거북이처럼 천천히 걸어가며, 작은 행복에 만족하는 아내는 토끼처럼 여기저기 뛰어다니는 나를 늘 안타까운 눈으로 쳐다본다. 불쌍하다는 듯이.

지난 가을, 히말라야 안나푸르나 산행을 다녀왔다. 함께한 일행 중 60대 중반인 김 선생이 제일 연장자였다. 시간이 지날수록 눈살이 절로 찌푸려졌다. 그는 체력이 좋아서인지 항상 일행 중 맨 앞에서 걸었다. 어느 때는 현지 가이드보다 앞장서서 걸으니 산행 예의도 아니지만 함께 걷는 일행의 속도도 덩달아 빨라져 불평이 나오기 시작했다.

식사시간에는 항상 좋은 자리를 먼저 차지하고 함께 기다리지 못했다. 춥다고 손에 장갑을 끼고 젓가락질을 하니 보기도 딱했다. 이야기를 나눌 틈만 나면 자신의 여행 자랑과 체력 자랑만 늘어놓으니 처음에는 호기심에 듣지만 시간이 지나면서 모두들 고개를 돌린다. 연장자이니 누구도 앞에서 이야기의 토를 달지 않았다. 자신은 그것을 모르는 것 같았다.

더욱 나를 불쾌하게 한 것은 산골마을을 지날 적마다 손에 쥔 디지털 카메라를 마구 들이대는 것이었다. 아이들, 여인들, 심지어 그들의 집 내부까지 쉴 새 없이 찍어댔다. 그곳 사람들이 당황해하고 불편해하는 모습은 전혀 개의치 않았다. "왜 나이가 들어 저렇게 눈치가 없을까?"라는 내 말에 아내는 "당신 임자 만났어요. 당신도 거의 저분 수준에 가깝지요"라고 하지 않는가.

김 선생은 여행이 끝나갈 무렵 우리 일행에서 점차 외톨이가 되어갔다. 내가 측은지심을 느꼈던 것을 보면 동병상련이었던 것 같다.

설산을 바라보며 다시 나를 돌아본다. 변하지 않은 내 모습을. 그래서 긴 숨을 천천히 쉬어본다. 그 순간 내 모습이 보인다. 다람쥐가 빨리 뛰지만 다람쥐 쳇바퀴 돌듯이 한걸음도 나아가지 못하는 나를 보았다. 지금까지 그렇게 열심히 산 듯했지만 왜 이 순간 다람쥐로 보일까.

50대에 접어들면서는 스스로를 돌아보면서 살아가려고 소통,

배려, 명상, 종교 등에 관한 책들을 일부러 찾아 읽기도 했는데, 읽을 때는 고개가 끄덕거려져도 실제 변한 것은 없었다. 여전히 자기주장과 자기 자랑하기에 바빴다. 내 안에 가득한 자만 때문에 어느 것도 들어와 자리를 차지할 수 없었다.

세월이 지나면서 사람들 중 어떤 사람들은 더 나은 사람으로 변하기도 한다. 아니면 그대로의 모습으로, 혹은 상처받은 모습으로, 분노하는 모습으로 변하기도 한다.

하지만 나는 간절히 바란다. 나이를 먹으면서 점점 더 고집이 세어지고, 타협하지 않으려 하고, 대접하기보다는 대접받기를 바라며, 나이 먹은 것을 훈장처럼 여기는 그런 사람이 나는 되고 싶지 않다.

언젠가 텔레비전에서 자식들이 어머니 팔순 잔치를 대신해 그림전시회를 열었다는 내용의 방송을 보았다. 자식들은 어머니에 대해 아무것도 모르고 지내던 차에 어느 날 어머니 방에서 나온 많은 종이 꾸러미를 보고 놀랐다. 아무도 모르게 할머니는 구청에서 가르치는 수묵화반에 들어가 매일매일 그림을 그리셨던 것이다. 그 후 10여 년이 흘러 자식들이 어머니를 위해 무엇을 할까 생각하던 차에 우연히 할머니 방에서 찾은 그 많은 아름다운 그림을 발견하고 전시회를 열어 드렸다는 스토리다. 조용히 묵향을 맡으며 화선지 위에 청초한 난을 치는 할머니 모습이 그려진다. 그녀에게 사군자 몰입은 노후의 삶을 달래는 수련과도 같은 것이었으리라. 글도 모르고 살림밖에 모르던 할머니가 화백으로 변하신 거다.

그래, 아직 안 늦었다. 더 늦기 전에 나도 할머니처럼 나의 꿈을 다시 꾸고 완성하며 살아가고 싶다.

무슨 일을 하고 어떤 역할을 해내고 있는가에 연연해하며 내 삶의 의미를 행위(doing)에서 찾으려고 하는 것이 아니라, 나라는 존재 자체가 먼저이고 기본이라는 것을 아는 하나의 인간(human being)으로 살고 싶다.

아내에게 다정한 말을 건네는 남편이 되고 싶다. 자식들에게 언제나 그들의 이야기를 들어주는 친구 같은 아버지가 되고 싶다. 동생들에게 보다 너그럽고 넉넉한 형이 되고 싶다. 일에 치여 돌아보지 못했던 그리운 친구들을 한 사람 한 사람, 기억의 주머니 속에서 꺼내 다시 새로운 만남의 역사를 쓰고 싶다. 후배들이나 제자들에게는 아낌없이 격려해주고 크고 작은 경험을 나눠주고 싶다. 무엇보다도 가족이 아파하기 전에 먼저 손을 내밀고 나누어줄 수 있는 사람으로 변하고 싶다.

아내와 자식은 내 몸의 일부나 다름없다. 그들이 아프면 내 마음이 아픈 이유이다. 내 몸을 아끼고 깨끗이 닦듯이 아내와 자식은 아끼고 돌봐주어야 한다. 가족이란 매일 아침 일어나 세수하듯이 서로의 마음을 매일 보살펴주어야 한다. 남편은 아내와 자식을, 아내는 남편과 자식을, 자식은 부모를 내 몸같이 여기며 함께할 때 세상 어떤 어려움도 두렵지 않다. 그것이 수신제가일 것이다.

고교시절 옛 스승을 모시고 함께 운동을 마친 후 동창들과 오랜만에 맑은 술로 뒤풀이 자리를 가졌다. 목에 힘주고 고개 치켜들며 살았던 어리석은 세월이 아쉬운 듯 이심전심으로 밤이슬을 맞으며 마주 앉았다. 모두들 가족 건강하고, 가정이 조용하고, 자식들 무탈한 것이 최고의 행복이라며 잔을 부딪쳤다. 단순한 그것이 정말 어려운 세상이라고 이구동성이다. 돌아보니 그간 무엇 때문에 그렇게 허둥대고 살았는지 모르겠다고…… 전과 같이 남편으로 아버지로 당연한 대접도 받기 힘든 세상이 되었다고…… 그렇게 술잔이 오갔다.

"어이 친구들 오늘 김명수 선생님이 우리에게 하신 건배사, 우리 한번 다시 해보자!"

우리는 술잔을 높이 들었다. 내가 "여보 당신!" 하며 선창하니 동렬, 문석, 용진이가 입을 맞춰 "멋져!"라고 제창한다. '여'유 있게, '보'람 있게, '당'당하게, '신'나게, '멋'지게, 그리고 '져'주면서 살아가자는 우리 모두의 바람을 담은 합창이었다.

이제 남은 인생, 정말 그렇게 살고 싶다. 직장이나 가족에게 그간의 희생을 인정받으려 하지 않고, 어떤 모습이 이상적인 남편이고 부모인지를 고민하며 살고 싶다. 솔직하지 못한 합리화나 변명하는 삶은 멀리하고 뿌린 것은 순리적으로 받아들이는 삶, 주위의 시선이나 비판에서 벗어나 그 무엇으로부터도 자유로운 삶을 살고 싶다. 그 중에서도 아내, 자식 그리고 세상에 대해 이기려 하지 않고 지면서, 그리고 더불어 사는 사람으로 나는 변하고 싶다. 그것이 남은 생의 가장 큰 소망이다.

눈물은 남자를 살린다

초판 1쇄 발행 2012년 11월 20일
초판 2쇄 발행 2013년 1월 2일

지은이 이홍식
펴낸이 김선식

Editing creator 한보라
Design creator 황정민
Marketing creator 이주화

1ˢᵗ Creative Story Dept. 황정민, 한보라, 박지아
Creative Marketing Dept. 이주화, 원종필, 백미숙
       Public Relation Team 서선행
       Communication Team 김선준, 박혜원, 전아름
       Contents Rights Team 김미영
Creative Management Team 김성자, 송현주, 권송이, 윤이경, 김민아, 한선미
기획 윤컨셉 **본문 사진** 이홍식

펴낸곳 다산북스
주소 경기도 파주시 회동길 37-14 3, 4층
전화 02-702-1724(기획편집) 02-6217-1726(마케팅) 02-704-1724(경영지원)
팩스 02-703-2219
이메일 dasanbooks@hanmail.net
홈페이지 www.dasanbooks.com
출판등록 2005년 12월 23일 제313-2005-00277호

필름 출력 (주)현문
종이 월드페이퍼(주)
인쇄 · 제본 (주)현문

ISBN 978-89-6370-076-2 (13810)

• 책값은 뒤표지에 있습니다.
• 파본은 본사와 구입하신 서점에서 교환해드립니다.
• 이 책은 저작권법에 의하여 보호를 받는 저작물이므로 무단 전재와 복제를 금합니다.